Alle BDSM

Onderdanige Vroué Sjef Trilogie

Erika Sanders

Alle BDSM
Onderdanige Vroue Sjef Trilogie
Erika Sanders
Reeks
Alle BDSM

Opsomming

Dit bestaan uit die volgende romans:
    Onderdanige Vroue Sjef 1
    Onderdanige Vroue Sjef 2
    Onderdanige Vroue Sjef 3

Alle BDSM is 'n verhaal met sterk erotiese BDSM-inhoud en behoort op sy beurt ook tot die **Oorheersing en Erotiese Onderwerping**, 'n reeks romans met hoë romantiese en erotiese BDSM-inhoud.

(Alle karakters is 18 jaar of ouer)

Nota oor die skrywer:

Erika Sanders is 'n internasionaal bekende skrywer, vertaal in meer as twintig tale, wat haar mees erotiese geskrifte, weg van haar gewone prosa, met haar nooiensvan onderteken.

Indeks:

ALLE BDSM
ONDERDANIGE VROUE SJEF
TRILOGIE
ERIKA SANDERS

ONDERDANIGE VROUE SJEF

13

DEEL EEN
WEDERSYDSE TOESTEMMING

15

HOOFSTUK 1

Die brief was 'n seën.

Sy kon skaars die trane keer.

Cristina het pas haar kookkuns voltooi en haar nuwe spysenieringsonderneming het 'n wankelrige begin.

Hy het in sy klein woonstel gestaan en elke woord van die handgeskrewe brief hersien.

Liewe cristina,

Ek hoop hierdie brief bereik jou. Vergewe my, maar ek gebruik nie e-pos nie. En ek hou oor die algemeen nie van telefoonoproepe nie. Ek is uit die mode.

Ek is 'n kennis van jou ma. Ons het 'n paar weke gelede kort by 'n gemeenskaplike vriend se partytjie ontmoet. Jou ma het verskeie kere terloops jou spysenieringsonderneming genoem. Ek het daaroor gedink en dit klink interessant. Ek het nog nooit voorheen 'n spysenier gehuur nie.

As jy belangstel in 'n nuwe kliënt, kontak my en miskien kan ons tot 'n ooreenkoms kom. Ek is 'n vreeslike kok. En ek het gehoor dat jy baie goed is.

Beste wense en sterkte met jou besigheid,
Paul

Uiteindelik, dink sy. Sterkte het oor sy pad begin kom.

HOOFSTUK 2

'n Week later.

Cristina het in haar ou karretjie deur die ryk woonbuurt gery.

Hy het duidelik aandag getrek, maar hy het nie omgegee nie.

Ek was bly om in hierdie buurt te wees vir 'n moontlike potensiële werk.

Hy het by die ingang van die adres geparkeer wat vir hom gesê is.

Ek het geen idee gehad hoe Paul lyk nie.

Hul enigste werklike interaksie was 'n kort telefoonoproep om die vergadering op te stel.

Christina klop aan die deur.

'n Bejaarde swart vrou het geantwoord.

Die vrou het 'n bediende-uitrusting aangehad.

Die vrou bly vreemd stil terwyl hulle na mekaar kyk.

"Hallo," sê Cristina ongemaklik. "Ek is hier om Paul te sien."

Die ou swart vrou knik.

"Kom hier in."

Cristina het ingekom en die bediende het die deur toegemaak.

Die bediende het haar met die trappe van 'n redelike groot huis gelei.

Cristina kyk met afguns gevulde oë om haar heen.

Alles was oud, donker en rustiek.

Oral was oudhede.

Klassieke skilderye is teen die mure vertoon.

Hulle het by 'n gang gekom en die bediende het 'n deur oopgemaak nadat sy eerste geklop het.

Cristina het ingekom, toe vertrek die bediende.

Dit was 'n kantoorkamer.

Paul het agter sy lessenaar gesit en werk.

Hy was 'n aantreklike man in sy 40's.

Hy het 'n klipagtige uitdrukking op sy gesig gehad wat onmoontlik was om te lees.

Sy gesig was perfek vir poker.

Sy gesig bly uitdrukkingloos.

"Sit asseblief," het hy gesê.

Cristina is geïntimideer deur sy teenwoordigheid en deur haar eie gebrek aan sake-ervaring.

Hy het nog nooit voorheen 'n ooreenkoms gesluit nie.

Sy gaan sit by haar lessenaar.

"Jy moet nuut wees in hierdie werksrigting," het sy gesê.

"Hoekom sê jy so?"

"Ek kon jou senuweeagtigheid voel toe jy inkom. Jy moet probeer ontspan. Moenie bekommerd wees nie, ek is hier om jou te help met alles wat jy nodig het."

Sy het 'n ongemaklike glimlag gegee.

"Ek sal dit in gedagte hou."

"Goed. Vertel my nou van jou spysenieringsbesigheid."

"Wel, dit is nog redelik nuut," sê hy nadat hy 'n bietjie daaroor nagedink het. "Ek kan maaltye voorberei om aan jou spesifieke voorkeure te voldoen. As jy spyseniering vir 'n partytjie nodig het, kan ek addisionele mense aanstel. Ek het baie vriende van kookskool."

"Dit sal nie nodig wees nie. Ek verkies dat jy alleen werk. Daar is minder probleme op die manier."

Christina knik haar kop.

"Ek veronderstel jy woon alleen en jy wil hê ek moet jou etes voorberei."

"Baie slim."

"Het jy 'n spesifieke ooreenkoms in gedagte gehad?"

"Dit hang af," het Paul geantwoord. "Jy is besig? Is jy besig?"

Sy gee hom 'n verleë glimlag.

"Inteendeel. Jy is my eerste regte kliënt. Ek het al hier en daar klein dingetjies gedoen. Hoofsaaklik vir vriende van my ma wat my 'n guns gedoen het."

"Wil jy gratis besigheidsadvies hê? Moet nooit 'n swakheid openbaar nie. Klink nie goed nie."

"O seker. Ek sal onthou."

"Wat 'n ooreenkoms betref," het Paul geantwoord. "Kan jy vir my maaltye voorberei? Middagete en aandete."

"Sekerlik. Dit sal nie 'n probleem wees nie."

"Uitstekend. Ek wil graag hê dat my etes om 11:30 by my huis afgelewer word. Maandag tot Vrydag."

"Natuurlik," het sy ingestem.

"Hierdie ooreenkoms sal ten minste vir die volgende paar maande duur. Enige van ons het die opsie om die ooreenkoms te eniger tyd te kanselleer. Verstaan?"

"Ja ek verstaan."

"Uitstekend."

"Het jy enige kosvoorkeure?" vra Christina. "My spesialiteite sluit in Frans, Italiaans en verskillende style van Asië ..."

Hy skud sy kop.

"Dit maak nie saak nie. Bring haar net betyds."

"Wel."

"Kom ons bespreek nou die syfers. Hoe klink $100 per dag vir jou? Is dit regverdig?"

Christina se oë rek groot.

Die werk en die bedrag wat aangebied is, was baie meer as wat hy verwag het.

Sy het besef dat sy simpel gelyk het met 'n hondjie-uitdrukking op haar gesig, so sy het haar kalmte herwin.

"Dit klink redelik," antwoord hy kalm. "Ja dis goed."

"So dit is afgehandel. Kan jy môre begin?"

"Geen probleem nie. Maar is jy seker jy wil nie eers my kosmaak probeer nie?"

"Om die waarheid te sê, ek gee nie om hoe kos smaak nie. Jy het kookskool toe gegaan. Dit is goed genoeg vir my. Ek wil nie bekommerd wees oor kos terwyl ek werk nie."

Christina knik haar kop.

"Goed. Ek verstaan. Mag ek vra wat jy doen? Jou huis is pragtig. Ek is mal oor die rustieke atmosfeer."

"Ek het 'n hele paar dinge in my lewe gedoen. Ek is deesdae 'n kunshandelaar. Ek handel ook in skaars oudhede. Op die oomblik fokus ek op my skryfwerk."

"Wat skryf jy?" sy het gevra.

"'n Paar memoires. Ek beweer nie dat ek iemand beroemd of belangrik is nie. Maar ek het 'n paar stories om te deel. Dit sal jammer wees as niemand dit hoor nie. Ek werk ook aan 'n paar fiksieboeke."

"O, klink interessant. Miskien kan ek hulle eendag lees. Ek lees graag biografieë en memoires."

Paul het 'n effense glimlag gegee.

"Ek dink nie jy stel belang nie."

"Hoekom nie?"

"Dit is 'n aanname. Maar wie weet? Soms is ek verkeerd oor hierdie dinge."

"Goed," knik Cristina ongemaklik.

Paul staan op en stap na Cristina.

Sy het verstaan en ook opgestaan.

Paul was amper 'n voet langer as sy.

Sy liggaamsbou het oor Cristina se skraal en tenger lyf uitgetroon.

Hy het sy hand uitgesteek en hulle het hand geskud.

"Ons het amptelik 'n ooreenkoms," het hy gesê. "Ek verwag die eerste stel etes môre om 11:30 in die oggend. Moenie laat wees nie. Ek duld nie ongehoorsaamheid nie."

Sy sluk.

"Ja meneer."

HOOFSTUK 3

Cristina was steeds beïndruk deur die ontmoeting met Paul.

Hy gaan lê op die bed en kyk op na die plafon.

Die aanbod het te goed gelyk om waar te wees.

Dit was amper ongelooflik.

Maar hy was bang dit was 'n wrede grap, het hy gedink.

Sy het haar foon opgetel en haar ma gebel.

Sy ma het altyd sy oproepe in 'n paar ringe beantwoord.

Toe sy die telefoon antwoord, het Cristina geen tyd gemors om alles aan haar te verduidelik nie.

Geen detail is ontsien nie.

Cristina het haar ma alles vertel van die aanbod en al die gevoelens wat sy gehad het toe sy Paul ontmoet het.

"Dis wonderlik," het haar ma geantwoord.

"Ek weet. Dit is mal, reg? Maar ek sal niks hiervan glo totdat jou geld in my hand is nie. Tot dan verbeel ek my die ergste."

"Fokus op positiewe gedagtes, Cristina. Jou besigheid vat uiteindelik op."

"Ek hoop so. Ek bedoel, $100 per dag vir twee maaltye? Selfs as hy my volgende week ontslaan, sal ek steeds bly wees dat ek soveel geld gemaak het."

"Ek sal my nie daaroor bekommer nie."

"Wat bedoel jy?" vra Christina.

"Blykbaar het Paul goeie finansiële reserwes."

"Ek het opgemerk. Sy huis was soos 'n museum."

"Daar het jy dit. Jy hoef nie bekommerd te wees dat sy finansies opraak nie. Hou hom net gelukkig met goeie maaltye, goeie diens, en moenie laat wees nie."

"Wat weet jy van daardie ou?" vra Cristina in 'n ernstiger stemtoon. "Kyk 'n bietjie vreemd, nie waar nie?"

Sy ma dink vir 'n oomblik.

"Soort van. Ek het hom net een keer by 'n partytjie ontmoet. Hy is 'n baie slim ou. Geen snert nie. Reguit."

"Dis beslis hy," het Cristina geskerts.

"Moenie hom egter onderskat nie. Hy is blykbaar 'n charmer met die dames."

"Regtig?"

"Dis wat ek gehoor het. Maak seker jy bly weg van sy onweerstaanbare sjarme," het hy geskerts.

"Baie snaaks," antwoord Cristina. "Beslis egter nie my tipe nie. Te oud. En te vervelig."

"Ek is bly jou besigheid het 'n goeie begin."

"Ons sal sien."

"Fokus op positiewe gedagtes, Cristina."

HOOFSTUK 4

Weke het verbygegaan.

Cristina het reeds tientalle maaltye vir Paul voorberei.

En sy het gedurende daardie tyd duisende dollars gemaak.

Die daaglikse roetine was altyd dieselfde.

Staan soggens vroeg op.

Kok.

Plaas alles versigtig in houers.

Neem hom soggens voor 11:30 na Paul se huis.

Moet nooit laat wees nie.

En nooit ongehoorsaam wees nie.

Eendag is Cristina gevra om die middagete, wat sy gebring het, op 'n bord in die kombuis voor te berei.

So het sy gedoen.

Dit was die eerste keer dat ek take in Paul se kombuis gedoen het.

Sy was trots op haar kos.

Sy het geweet dit smaak lekker, al het Paul haar nog nooit daaroor gekomplimenteer nie.

Hy het in gemaklike klere ondertoe gekom.

Soos altyd was sy gesig amper uitdrukkingloos.

Hy het gekyk na die kos wat op die eetkamertafel uitgelê is en nie die moeite gedoen om daaroor kommentaar te lewer nie.

"Moet ek nou gaan?" vra Cristina ongemaklik.

"Bly 'n oomblik. Daar is iets wat ek vir jou wil vra."

"Wel."

Paul het by die eetkamertafel gesit terwyl Cristina bly staan het.

"Watter ander dienste bied jy?" gevra. "Behalwe om te kook."

Cristina was verbaas en het haar man gestaan.

Hy het hom gereed gemaak vir nog vordering.

Ek was voorbereid op seksuele teistering.

"Ek verskaf eerlike spyseniering. Ek kook fynproewersmaaltye. Dis dit. As jy ander dienste soek, stel ek voor jy soek elders."

"En hoekom is dit?" vra hy streng.

"Eerlik, jy is nie my tipe nie."

"Jy is ook nie my tipe nie."

Sy het selfs meer aanstoot gevoel.

"Kyk, ek dink ons reëling werk goed. Kom ons hou dit so. Enigiets anders gaan nie werk nie."

"Dink jy ek vra seksuele gunste?" gevra.

Christina verstar.

"Is dit nie so nie?"

"Ek glo dit nie."

Sy gesig het beetrooi geword.

"O, jammer meneer."

"Vergeet dit," het hy geantwoord. "Ek vra want my bediende gaan binnekort aftree. As jy ekstra tyd het, dan kan jy my dalk help met my skoonmaak take."

"Wat moet ek doen?"

"Niks moeilik nie. Maak die skottelgoed skoon. Hou alles skoon."

"Ek sal daaroor moet dink."

"Jy sal natuurlik goed vergoed word," het hy geantwoord. "En moenie bekommerd wees nie, ek sal jou nie vir seks vra nie. Jy is nie my tipe nie."

Sy bloos weer.

"Jammer oor vroeër. Maar ek sal dit oorweeg. Hoekom nie?"

"Oorweeg die aanbod. My werk loop glad en ek sal hulp met huisonderhoud waardeer."

"Jy gaan nie baie uit nie, doen jy?"

"Ek het al deur die wêreld gereis en dit alles gesien," het hy geantwoord. "In hierdie deel van my lewe fokus ek op my skryfwerk. Soms gaan ek uit. Ek hou nog steeds daarvan om te oefen. Maar ek wil nie bekommerd wees oor huishouding nie. Jy lyk soos 'n bekwame jong vrou, so ek bied jou ekstra aan. werk."

Christina knik haar kop.

"Dit is baie vrygewig van jou."

"Met die ekstra geld kan jy vir jou 'n nuwe klerekas en 'n nuwe motor koop."

Sy het 'n bietjie geïrriteerd gevoel oor daardie opmerking.

"Ek kry dit. Ek het geld nodig. Jy hoef dit nie in te vryf nie."

"Ek het nie probeer nie."

"Goed. Ek sal. Ek sal 'n bietjie ekstra skoonmaak vir jou doen."

"Uitstekend," antwoord hy met 'n seldsame glimlag. "Ons sal later die vloer bespreek."

Sy stap na Paul toe en steek haar hand uit vir 'n handdruk.

Paul het soos 'n heer opgestaan en haar hand geskud.

Die transaksie is gesluit.

DEEL TWEE
DIE GESLOTE DEUR

HOOFSTUK 5

Cristina het daarin geslaag om 'n paar ander kliënte vir 'n paar klein werkies te vind.

Maar die meeste van haar werk is vir Paul gedoen.

Sy het hul etes elke dag van die week voorberei.

Mettertyd het sy meer werk vir hom begin doen.

Sy het klein skoonmaakwerkies gedoen vir ekstra geld.

Cristina was nog altyd 'n ongeorganiseerde mens in die huis, so dit was ironies dat sy die huiswerk vir iemand anders gedoen het.

Maar die geld was goed, so hy het nie omgegee nie.

Die skottelgoed moes op 'n sekere manier skoongemaak en gerangskik word.

Die vensters moes vlekkeloos wees.

Die meubels moes vry van stof wees.

Paul het self die vloere skoongemaak.

Paulus was 'n baie besondere persoon.

En daardie kenmerke het Cristina soms losgemaak.

Maar die geld was goed.

Op 'n manier was Cristina trots om Paul te help.

Op een of ander vreemde manier het hy gevoel dat hy Paul help om sy doelwit te bereik om sy boeke te kan skryf.

Sy het vir hom as mens omgegee.

HOOFSTUK 6

Die eetkamertafel was netjies.

Middagete was gereed.

Cristina het na die bord gekyk en haar pragtige werk bewonder.

Kulinêre skool het vrugte afgewerp.

Hy kon nie wag dat Paul dit probeer nie, al het Paul nooit komplimente gegee nie.

Paul was buitengewoon laat vir middagete.

Hy was nooit laat nie.

Die bodeur was effens oop en Cristina het geluister terwyl die sleutelbord verwoed gebruik word.

Sy het geweet hy is nog besig.

Sy stap na die trappe en wonder of sy hom moet bel of nie.

Sy wou nie haar werk onderbreek nie.

Maar sy het geweet dat Paulus 'n man was wat orde nodig het.

Het jy dalk tyd verloor?

Toe sien sy haar.

Naby die trappe was die deur oop, effens oop.

Dit was 'n kamer wat Paul gesê het, is buite perke.

Paul wou hê ek moet al die kamers skoonmaak behalwe hierdie kamer.

Cristina se nuuskierigheid het sy hoogtepunt bereik.

Ek het nog na Paul geluister wat bo skryf.

Sy wou na die geheime kamer kyk.

Hy wou Paul se klein geheime weet , hoe klein ook al.

Sy het in hom belanggestel.

Sy was geïnteresseerd in die man wat sy al weke lank bedien het.

Hy het 'n paar rustige treë na die deur gegee.

Sy steek haar kop in.

Die kamer was donker.

Hy het die ligskakelaar aangesit en die vertrek is briljant verlig.

Tot Cristina se verbasing was die slaapkamer die minste elegante plek in die huis.

Maar hulle het almal soos oudhede gelyk.

Hy het ingekom en rondgekyk.

Daar was 'n verskeidenheid hout- en metaaltoestelle.

Die ontwerpe was blykbaar uit die Middeleeue.

Die toestelle het groot genoeg gelyk vir 'n persoon om op te sit of lê.

Verskeie swepe en kettings het aan die muur gehang.

Daar was baie toue op 'n nabygeleë tafel.

Cristina het haar vinger gebruik om aan 'n metaaltoestel te raak.

Hy het met sy vinger daaroor getrek en daarna gekyk.

Die punt van sy vinger was bedek met 'n fyn laag stof.

Die kamer is lanklaas gebruik.

"Jy moet nie hier wees nie," sê Paul van agter.

Cristina is verras deur die geluid van sy stem en het gespring.

Sy draai om en sien Paul by die deur staan.

"O, ek is jammer."

"Het ek nie gesê dat hierdie kamer buite jou take is nie?" vra hy en stap terloops na binne.

"Ek weet. Maar dit was oop en ek was nuuskierig. Ek het gedink miskien wil jy hê ek moet dit skoonmaak."

"Nee. Ek was van plan om dit later self skoon te maak."

Christina sluk.

"Jou kos is gereed. Dit begin koud word."

"Dit kan wag," antwoord hy en stap die kamer binne om na die toestelle te kyk. "Jy wonder seker wat dit alles is."

"Dit lyk soos 'n Middeleeuse martelkamer."

"Jy is amper reg. Sommige van hierdie goed is eeue gelede gedurende Middeleeue gebou. Maar nie noodwendig vir marteling nie."

"Waarvoor dan?"

"Pleasure. Seksuele plesier," antwoord hy reguit.

Christina was verbaas.

"Ek kan my nie indink hoe nie. Hierdie dinge lyk so seer."

"Dit is die punt."

"So hulle is basies slawerny toestelle?"

Hy het ingestem.

"Hierdie fetisje bestaan al eeue lank. Kan jy glo hierdie toestelle is gebou vir koninklike families en adelstand?"

"Ek sal nie verbaas wees nie. Die meeste ryk mense is 'n bietjie verdorwe."

Hy lig 'n wenkbrou.

"Sluit dit my in?"

"Ag nee, ek het jou nie bedoel nie," het sy vinnig teruggedeins.

"Ek het net gegrap."

Christina ontspan.

"Natuurlik. So hoekom is al hierdie goed in hierdie kamer toegesluit? Hoekom verkoop jy dit nie aan 'n museum of iets nie?"

"Miskien eendag. Maar vir eers skryf ek oor hulle in my boek. Ek was ook van plan om foto's van hulle te neem. Dit is hoekom die kamer oop was."

"Jou boek moet interessant wees."

"Ek hoop so," het hy geantwoord. "Ek het oor seks geskryf. Die soort oorheersing en seksuele slawerny."

Christina lig haar wenkbroue.

"Regtig? Jy lyk nie soos die tipe man vir daardie soort ding nie."

"So na watter soort ou lyk ek?"

"Ek weet nie. Sag. Aarbei. Geen aanstoot nie."

"Geen aanstoot nie," het hy geantwoord. "Ek was jare gelede 'n heel ander mens. Ek was nie altyd so teruggetrokke nie."

"Wat het verander?"

Paul vryf met sy vingers teen 'n metaaltoestel.

"Dit is 'n lang storie. Jy kan my boek lees wanneer ek dit klaar geskryf het."

"Wel, ek sien uit daarna. Dit klink of jy 'n paar interessante stories het om te vertel."

"Weet jy wat 'n Meester is?" gevra.

"Net die basiese dinge," het hy sy skouers opgetrek. "'n Ou wat baas is oor vroue. Swepe. Kettings. Spanking. Daai soort ding, reg?"

"Min of meer. Ek was 'n Meester vir baie onderdanige vroue. Pragtige vroue met donker begeertes."

"Het jy hulle geslaan?" vra sy nuuskierig.

"Soms."

"Wat van hierdie toestelle?" sy het gevra. "Het jy dit al ooit op jou slawe gebruik?"

"Soms. Maar die metodes is nie belangrik nie. Dit gaan nie oor die pakslae of die toestelle nie. Dit gaan oor die oorgawe. Hulle gee my hul liggame. En ek doen wat ek wil met hulle. Op die ou end is die plesier wedersyds."

Cristina was vir 'n oomblik stil.

Hy het direk in Paulus se oë gekyk en geweet dat elke woord wat hy sê, waar is.

Sy het geweet dit is iets waarmee Paul ondervinding het.

Sy het geweet dit is iets wat Paul weer wou doen.

"Jou kos word koud," het hy gesê.

"Is dit al waarvoor jy omgee?"

Sy verstar vir 'n oomblik.

"Wel, spyseniering is waarvoor jy my aangestel het, is dit nie?"

"Jy is 'n slim meisie," sê hy met 'n effense glimlag. "Jy begin van my hou."

Paul het aangestap en vir Cristina 'n vriendelike klop op die skouer gegee.

Toe draai hy om en verlaat die kamer terwyl Cristina verward gelaat is deur die ongemaklike ontmoeting.

Sy het hom na die eetkamer gevolg en gekyk hoe hy eet.

ALLE BDSM. ONDERDANIGE VROUE SJEF TRILOGIE 39

Sy het hom na die eetkamer gevolg en gekyk hoe hy eet.

HOOFSTUK 7

Later daardie selfde aand.

Dit was die telefoonoproep wat Cristina die laaste paar maande gevrees het sou kom.

"As?!" vra Christina.

"Dit is uiteindelik tyd," het haar ma geantwoord. "Ek en jou pa sal jou nie meer finansieel ondersteun nie. Ons voel jy is oud genoeg om vir jouself te sorg."

"Jy besef tog dat dit duur is om in die stad te woon, of hoe?"

"Liefie, niemand dwing jou om in die stad te woon nie. Jy kan altyd nader aan die huis trek en iets goedkoper vind om te woon."

"Nee dankie," sug Cristina.

"Ek weet nie hoekom jy so verbaas optree nie. Ek het jou die afgelope paar maande in kennis gestel. Toe ek jou ouderdom was, het ek..."

"Tye het ma verander. Het jy die nuus gesien? Hierdie ekonomiese situasie is moeilik. Die lewenskoste is kranksinnig."

"Maar jou besigheid vat af," het haar ma geantwoord.

"Skaars."

"Jy moet 'n bietjie meer sakevaardig wees as jy suksesvol wil wees. Daar is soveel potensiële kliënte in die dorp. Al wat jy hoef te doen is om hulle te vind. Jy is 'n goeie kok en 'n goeie mens. Ek het geloof in jou, Cristina."

"Ja, jy is reg. Ek het gedink om verskeie maatskappye te gaan kontak om te kyk of hulle spyseniering vir partytjies nodig het."

"Dit is die ondernemingsgees," antwoord haar ma trots.

"As die lewe so maklik was."

"Goeie dinge kom wanneer jy aanhoudend is. As jy daarvan praat, werk jy nog saam met Paul? Hoe gaan dit?"

"Dit gaan goed," sê Cristina vaagweg.

"Wel? Is dit al? Enige interessante besonderhede?"

"Nie regtig nie. Ek kook vyf dae per week vir hom. Hy betaal my baie geld vir my diens. Hy is nogal 'n vreemde ou."

"Kyk wie praat," het haar ma geskerts.

"Snaaks."

"Ek maak net 'n grap. Jy is reg. Paul lyk 'n bietjie moedeloos. Hy is egter 'n slim ou."

"Sy is beslis 'n interessante mens," het Cristina geantwoord. "En hy hou my in diens. So ek kan nie kla nie."

"Jy moet ook nie. As jy wil hê jou besigheid moet groei, moet jy altyd jou kliënte gelukkig maak. Dit het altyd vir my gewerk."

Christina stop vir 'n oomblik.

"Jy weet, jy het my net 'n idee gegee."

"Ek is nie seker ek hou van die klank daarvan nie."

"Dankie ma. Jy is die beste."

"Wel, pas op, Cristina. Ek is altyd daar vir jou. Ek is lief vir jou."

"Ek is ook lief vir jou ma."

Nadat die oproep geëindig het, het Cristina 'n sterk gevoel van vasberadenheid gehad.

Sy was vasbeslote om sukses te behaal sonder haar ouers se hulp.

HOOFSTUK 8

Die volgende dag.

Cristina het aandagtig gewag terwyl Paul sy middagete geëet het.

Sy het die kombuis skoongemaak en vir hom huiswerk gedoen.

Toe Paul klaar geëet het, is sy terug na die eetkamer en neem die bord by hom.

Voordat Paul kans gehad het om te vertrek, het sy met 'n respekvolle postuur voor die eetkamertafel kom staan.

"Ek het gedink," sê Cristina met haar hande saam. "Hierdie reëling het regtig goed uitgewerk. Ek het die meeste van jou maaltye en huiswerk versorg , en so jy kan op jou werk fokus."

Paul het teruggestap, wetende dat 'n voorstel kom.

"Ek stem saam. Dit het goed gewerk. Beter as wat ek verwag het."

"So hoe sal jy voel as ek my take hier wil uitbrei? Vir ekstra geld, natuurlik."

"Jy doen reeds meer as wat ek moet. En ek betaal jou reeds 'n uiters ruim salaris."

"Ek waardeer dit," het Cristina beleefd gesê. "Maar jy sal meer baat as ek meer dinge vir jou doen. 'n Vrou se aanraking is altyd nuttig vir 'n enkellopende man."

Paul dink vir 'n oomblik.

"Dit is 'n interessante punt. Gaan aan."

"Ek is seker daar is baie ander dinge wat ek vir jou kan doen."

"Soos wat?"

Cristina was 'n oomblik nadenkend.

"Wel, dit is aan jou. Miskien kan ek daardie toestelle in die geslote kamer skoonmaak. Daardie kamer was stowwerig. Ek kan 'n ekstra werk doen om skoon te maak. En miskien kan ek vir jou 'n partytjie hou."

"Hoekom stel jy skielik so in meer geld belang?" vra Paul.

"Ek dink jy kan voordeel trek uit 'n vrou se aanraking. Dink aan al die partytjies wat jy kan gooi. Mense sal mal wees oor die kos. Jou sosiale lewe sal wonderlik wees."

"Vertel my die waarheid. Hoekom het jy ekstra geld nodig?"

Cristina bly vir 'n sekonde stil.

"My ouers gaan my nie meer kontant gee nie. En die huurgeld in hierdie dorp is oorweldigend. As daar nog iets is wat jy nodig het om hier rond te doen, sal ek dit graag doen."

Paul knik simpatiek.

"Ek hou van jou as 'n persoon, Cristina. Jy werk hard en geniet dit om dit te doen. Maar ek gaan nie vir jou geld gratis gee nie, veral as ek jou reeds mooi betaal."

"Ek verstaan," antwoord Cristina en probeer haar hartseer in bedwang hou. "Dankie dat jy in elk geval geluister het. Ek is môre terug."

"Ek het nog nie my eindpunt bereik nie," het hy bygevoeg. "Ek sal aan iets probeer dink. Iets wat geskik is vir jou vaardighede en eienskappe. Wanneer ek iets kry, sal ek jou laat weet, en jy sal daarvoor beloon word. Klink regverdig?"

Sy glimlag.

"Klink goed".

HOOFSTUK 9

Die dae het verbygegaan.

Paul het nooit 'n aanbod gemaak nie.

Cristina het hom nooit gevra nie, want sy wou nie 'n pla wees nie.

Sy was besig om Paul se middagete voor te berei soos sy gewoonlik gedoen het.

Paul het vroeër as gewoonlik afgekom na die eetkamer.

Hy gaan sit en wag terwyl Cristina nog alles regmaak.

"Dit lyk goed," sê sy toe Cristina die bord kos bring.

Dit het regtig vir hom soos 'n vreemde oomblik gevoel om haar geluk te wens.

"Dankie. Dis gebraaide lam met 'n kant van gebakte groente."

Paul trek 'n sitplek langs haar op.

"Sit. Daar is iets wat ek met jou wil bespreek."

Cristina gaan sit en wag vir wat sy te sê het.

"Ek het nagedink oor jou versoek vir meer werk," het hy gesê. "Veral oor die behoefte aan 'n vroulike aanslag hier rond. In elk geval, ek sal reg aan die gang kom, ek kan van joune gebruik vir inspirasie vir my skryfwerk."

"Inspirasie? Hoe so?"

"Miskien kan jy vir my poseer. Ek sukkel die afgelope tyd met skrywersblok en jy sal my dalk help met iets om na te kyk."

Cristina gee 'n beangste uitdrukking.

"Is jy seker jy wil nie hê ek moet vir jou 'n partytjie hou of iets nie? Dit sal seker beter werk."

"Ek stel nie daarin belang om 'n partytjie te hou nie," antwoord hy en leun terug in sy stoel. "Jammer, ek het net gevra. Dit was onvanpas."

Sy dink vir 'n oomblik.

"Hoeveel geld sal jy aanbied?"

"Dit hang alles af."

"Van?"

"Van die werk wat jy sal doen," het hy gesê. "Ek het nog nooit voorheen 'n model aangestel nie. Maar ek weet dit sal help met my skryfwerk."

"Ag, ek sal dit in gedagte hou."

"Moenie. Dit was 'n fout om te vra. As jy nie omgee nie, wil ek nou graag eet. Ek het later ander dinge om te doen."

"Ek sal dit doen!" Christina het gesnap.

"Daardie?"

"Die modelwerk wat jy my aangebied het. Niemand sal weet nie, reg? Dit bly streng tussen ons, nè?"

"Dis reg," het hy ingestem. "Daar sal nie enige rekord daarvan wees nie. Ek het net die inspirasie nodig."

"Ek is geïnteresseerd."

Paul gee 'n effense sug.

"Ek dink nie jy verstaan nie. Ek was oorhaastig met my aanbod. Ek dink nie my smaak is vir jou nie."

"Hoekom nie?"

"Omdat jy so ongemaklik gelyk het in die oorheersingskamer."

Cristina was 'n bietjie verbaas.

Skielik het sy besef dat Paul inspirasie soek vir sy dominansie-stories.

Maar ongeag dit, het hy aan geld gedink.

"Ek kan leer om gemaklik daarmee te wees," het sy geantwoord. "Gee my net tyd. Solank niemand weet nie, gaan dit goed met my."

Paul het hom 'n lang, skeptiese kyk gegee.

"Soos jy wil. Meld môre halfnege in die oggend hier aan. Ons sal van toe af dinge uitwerk."

"Dankie."

Cristina staan op en steek haar hand uit vir 'n handdruk.

Paul steek sy hand uit en skud haar hand.

HOOFSTUK 10

Later daardie selfde aand.

Cristina was in die kombuis besig om die etes vir die volgende dag voor te berei.

Sy het geweet sy sou nie tyd hê om dit die volgende dag te doen nie, aangesien Paul verwag het dat sy soggens halfnege daar sou wees.

Nadat alles voorberei is, kyk Cristina na haarself in die spieël.

Sy het gewonder of sy mooi genoeg is om vir Paul te model.

Hy het gewonder watter verrassings in die kamer sou wees.

Of dit soet sou wees of nie.

En hy het gewonder van hoeveel geld ons praat.

Paul was nog altyd vrygewig met finansiële betalings.

Bowenal het sy gewonder hoeveel oorheersing Paul wou sien.

Cristina se rasionele kant het die situasie beheer: geld is goed.

En niemand sal ooit weet nie.

My klein geheim met Paul.

Sy het uitgetrek en 'n paar mooi uitrustings voor die slaapkamerspieël aangetrek.

Sy het uiteindelik op 'n eenvoudige geel rok besluit.

Dit was nie te onthullend nie.

En hy was ook nie te preuts nie.

Dit was die gelukkige medium.

Sy borsel haar hare en dink aan hoeveel grimering om te dra.

Sy het dus besluit om nie.

Dit sou die situasie te ongemaklik maak.

Alles was gereed.

Sy was gereed vir werk.

HOOFSTUK 11

Die oggend van die volgende dag.

Cristina het kwart oor agt by Paul se huis opgedaag.

Sy wou seker maak dit is vooraf voorberei.

Sy het haar geel rok aangehad.

Haar hare was netjies gestileer en haar gesig skoon van grimering.

Sy was reeds van nature mooi.

Nadat Cristina die koshouers in die yskas in die kombuis geplaas het, het hulle saam in die privaat kamer op die houttoestelle gesit.

"Wat het jy in gedagte?" vra Christina.

"Dit hang af. Wat is jou perke?"

Christina trek haar skouers op.

"Ek weet nie. Ek het nog nooit hierdie soort ding vantevore gedoen nie."

"Dan dink ek moet ons beter uitvind."

Cristina se oë vee weer vlugtig die kamer uit.

Dit was die vaalste kamer in die huis.

Die mure was glad.

Maar daar was antieke toestelle van verskillende groottes en vorms.

Hulle het almal so intimiderend gelyk.

"Ek sal 'n oop gemoed hou," het hy gesê. "Maar ek hou nie van pyn nie. En ek wil nie hê jy moet my te vinnig druk nie. Dit is nie nodig om te jaag nie. Goed?"

Hy het ingestem.

"Dankie dat jy duidelik is. Jy moet weet dat ek 'n baie geduldige man is. Ek het dit vir baie jare gedoen met talle onderdanige vroue. Ek druk nooit verder tensy sy gereed is nie."

Daardie woorde het 'n vreemde gevoel oor Cristina se ruggraat gestuur.

Ek kon nie ophou dink aan die frase "onderdanige vroue" nie.

In 'n kwessie van oomblikke het sy besef dat sy heel moontlik in dieselfde posisie as daardie 'onderdanige vroue' kan wees.

"Goed," het sy ingestem. "Dankie. So hoe moet ons begin?"

Paul staan op en stap stadig in die kamer rond, kyk na elkeen van die toestelle terwyl Cristina in 'n ingetoë posisie sit.

Hy het na elke toestel gekyk op 'n manier wat Cristina senuweeagtig gemaak het.

"Was jy al ooit vasgebind?" vra Paul.

Christina skud haar kop.

"Natuurlik nie."

"Wil jy wees?"

"Weet nie."

Hy beduie na die houttafel.

"Hoekom nie probeer nie?"

"Ek weet nie," trek sy senuweeagtig haar skouers op.

"Is dit te veel vir jou? Ek moet iets sien om geïnspireer te word. Om te kyk hoe jy daar sit, gaan my nie veel help nie."

Cristina staan stadig op en haal diep asem.

"Ek sal doen wat jy wil."

"Is jy seker? Cristina, ek wil nie hê jy moet iets doen waarmee jy nie gemaklik is nie. Ek kan ander maniere vind om jou terug te betaal."

Sy haal weer diep asem.

"Nee, ek is seker. Ons het 'n ooreenkoms bereik om te modelleer, en ek is van plan om aan te beweeg."

"Is jy seker?"

"Ja, heeltemal."

"Lê dan," sê Paul en wys na die houttafel.

Die tafel het pynlik ongemaklik gelyk.

Dit het oud en rustiek gelyk.

Maar dit was laag genoeg dat 'n persoon maklik daarop kon lê.

Daar was ou metaalstawe aan elke kant van die tafel, wat Cristina 'n ongemaklike gevoel gegee het.

Sy sit haar gevoelens opsy en leun terug op die tafel.

Dit was pynlik en ongemaklik soos sy verwag het.

Sy was oortuig dat die tafel ontwerp is vir marteling, nie plesier nie.

Hy het gewonder hoe enigiemand plesier uit so iets kan put.

Hy gaan lê in die middel van die tafel en kyk direk na die plafon.

"Ek gaan jou polse vasmaak," sê hy terwyl hy op haar kop staan.

Sy was vir 'n oomblik stil terwyl sy na die figuur van Paul kyk wat oor haar staan.

"Goed," antwoord sy en hou haar polse op. "Voortoe."

Paul vat saggies haar polse en bring dit na die metaalstaaf op die tafel.

Die kroeg was koud soos sy verwag het.

Die tekstuur teen haar vel was nie baie glad nie, wat 'n teken was dat die staaf lank gelede gemaak is, voor moderne masjinerie.

Sy voel hoe haar polse met dik tou aan die staaf vasgebind is.

Cristina het nie die moeite gedoen om te kyk nie.

Sy hou haar oë op die plafon.

"Maak seer?" gevra.

"Ek voel nie lekker nie."

Sy voetstappe is oor die vertrek gehoor.

Cristina het nie die moeite gedoen om na Paul te kyk nie.

Maar hy het gewonder wat Paulus moes dink.

Om haar in 'n mooi rok te sien, met haar polse vasgebind, moet vir Paul opwindend wees, dink hy.

"Vertel my weer," het hy gesê. "Wat is jou limiet?"

Sy sluk.

"Moet my net nie seermaak nie."

"Kan ek jou rok oopmaak?" vra hy sag.

"Nee, nie dit nie."

"Dan neem ek aan jy het ander perke," antwoord hy met 'n effense gevoel van vermaak.

"Ek dink."

"Kan ek aan jou vat?" gevra. "Dit is heeltemal in orde as jy weier. Maar aangesien ons so ver gekom het, lyk jy beslis aantreklik."

"As jy wil," antwoord hy skaapagtig.

"Dit gaan nie oor wat ek wil hê nie. Dit gaan oor waarmee jy gemaklik is."

Hy worstel vir 'n oomblik met sy gedagtes.

"Ek is gemaklik daarmee. Dis goed. Gaan voort as jy wil. Ek bedoel, ek is gemaklik daarmee."

"Is jy seker, Cristina? Ek wil jou nie druk as jy nie gemaklik is nie."

"Solank jy weet..."

"Solank dit jou finansieel vergoed?" vra hy half geamuseerd.

Sy stemtoon en frasering het Cristina nog meer ongemaklik gemaak.

"Ja," het sy geantwoord.

"Jy hoef nie daaroor bekommerd te wees nie".

Cristina het 'n paar meer sarkastiese kwinkslae in reaksie verwag, maar Paul was klaar gepraat.

Hy stap na haar toe terwyl sy op die tafel bly lê het.

Cristina sien hoe hy na haar liggaam kyk.

Sy was duidelik senuweeagtig.

Sy het nie geweet wat hy beplan nie.

Sy oë het gesmul en dwaal oor haar lyf.

Uiteindelik is daar besluit.

En hy het sy skuif gemaak.

Paul steek sy hand uit en raak aan Cristina se knie.

Dit was 'n skielike aanraking wat haar verras het.

Sy sidder.

"Is jy oukei, Christina?"

"Dit gaan goed met my. Ek het dit net nie verwag nie."

Hy gly sy hand verder op haar bobeen af.

Sy hand het dieper gegly tot dit onder haar geel romp was.

Dit het Cristina gepla, maar dit het haar ook tussen haar bene laat tintel.

Sy oë bly gefokus op die plafon.

"Gee jy om as ons verder gaan?" gevra. "Ons het al so ver gekom."

"Gaan voort. Ek gee nie om nie."

"Is jy seker?"

"Ek is seker."

Paul lig Cristina se romp op en stoot haar op.

Haar broekie was ontbloot.

Paul gly sy hand onder Cristina se broek in.

Natuurlik het sy weer gebewe, maar haarself keer.

Paul se hand vryf oor sy kruis.

Cristina se lyf en voete het gespanne.

"Jy moet ontspan," sê Paul. "Anders sal dit nie veel goed doen nie."

"Wel."

Cristina het haar bes gedoen om haar liggaam te ontspan.

Sy oë bly op die plafon.

Sy was te skaam om na Paul te kyk.

Sy het hom eenvoudig toegelaat om oor haar kruis te streel.

Sy hyg as Paul met haar klit speel.

Dit was 'n skuif wat hy nie verwag het nie.

Sy natuurlike instink was om uit te reik en Paul se hand weg te trek, dan homself te bedek, en dan vir Paul oor die gesig te slaan, maar die toue om sy polse was styf.

Sy het 'n sagte ruk gegee, maar tevergeefs.

"Probeer jy uitkom?" vra Paul. "As jy wil uitklim, vertel my net en ek maak jou dadelik los."

"Jammer. Dit was 'n kniestoot reaksie."

"Wel, moenie so reageer nie. Dit is nie die reaksie wat ek wil hê nie."

"Dit is goed, ek is jammer."

Paul se vingers beweeg in 'n woedende sirkelbeweging oor haar geswelde klit.

Cristina het geen ander keuse as om te snak nie.

Sy was te geskok om haar gevoelens te bedwing.

Die vingers het nie gestop nie.

Dit was 'n lekker plesier.

Sy maak haar oë toe en koester in Paul se plesier.

Dit was 'n tintelende sensasie wat deur haar lyf gevloei het.

"Ek kan sê jy is naby," het hy gesê. "Ontspan. Dit is amper verby."

Met haar oë steeds toe, het Cristina haarself toegelaat om Paul se vingers te geniet terwyl hulle haar verlustig het in haar fyn klit.

Oomblikke het verbygegaan voordat Cristina se vingers verstyf geword het.

Kort asemgeluide ontsnap haar lippe.

Sy oë knyp toe.

Sy spiere het saamgetrek.

Dit was 'n welverdiende orgasme vir al die spanning in haar lewe.

Uiteindelik het haar lyf ontspan en Paul haal sy hand uit haar broekie.

Hy het haar rok teruggeskuif na sy regte posisie.

Sy klop Cristina op die bobeen, asof sy iets reg gedoen het.

"Jy het dit beslis geniet," sê Paul terwyl hy haar polse begin losmaak.

Cristina voel vry.

Sy maak haar regop en vryf oor haar polse, wat effens rooi en pynlik van die tou af was.

Die orgastiese gevoel het gehelp om die pyn teë te werk.

"Ek het daarvan gehou," het sy geantwoord. "Dit was lekker. Regtig lekker. God, ek het lanklaas so gevoel. Ek bedoel, nie so goed soos jy nie."

"Ek is bly jy het dit geniet. Dit het baie herinneringe teruggebring, wat my sal help met my skryfwerk. Jy was vir my 'n wonderlike klein inspirasie."

"Ek is altyd bly om tot jou diens te wees."

"Uitstekend," het hy ingestem. "Ek sal verseker 'n bonus by jou tjek voeg aan die einde van die maand. Ek dink jy het 'n ekstra vyfduisend dollar hiervoor verdien."

Verbasend genoeg het Cristina 'n gevoel van skaamte gevoel.

Sy het geweet dat Paulus dit goed bedoel het.

Hy het die ekstra vyfduisend waardeer, wat baie meer was as wat hy verwag het.

Maar 'n skuldgevoel het haar binnegedring, asof sy pas haar liggaam en haar seksualiteit vir maklike geld verkoop het.

Dit het haar onrein en vuil laat voel.

"Ek is nie 'n hoer nie," het sy uitgeblaker en toe dadelik spyt daaroor.

"Ek het nooit gesê jy was nie."

"Ek is jammer," het sy geantwoord. "Ek waardeer alles regtig. Maar ek het nog nooit my liggaam so gebruik nie, jy weet, om geld te maak."

Paul skud sy kop, teleurgesteld in homself.

"Moenie spyt wees nie. Dit is my skuld. Ek was gehaas met jou. Ek moes jou nie gevra het om vir my te model nie."

Cristina staan op en maak haar rok reg.

"Ek het dit geniet," het hy gesê. "Ek het regtig. Maar dit was 'n bietjie vreemd vir my. Miskien kan ons dit 'n ander keer volgende doen? Net 'n bietjie stadiger."

"Ek dink nie so nie. Dit is duidelik nie vir jou nie."

Cristina het 'n skaam kyk gegee terwyl die sensasie van orgasme steeds deur haar liggaam vloei.

"Ek sal nou jou middagete maak," sê hy.

"Ek kan dit self doen. Jy kan gaan."

Sy knik gehoorsaam.

"Ek is bly ons het dit gedoen."

"Ek ook," het hy geantwoord. "Maar ons moet dit nooit weer doen nie. Sien jou Maandag."

Cristina het geknik, wetende dat Paul reeds 'n vaste besluit geneem het.

Nou was daar 'n subtiele ongemaklikheid tussen hulle.

Nadat sy nog 'n paar woorde uitgewissel het, het sy weggegaan en gewonder wat Paul van haar dink.

DEEL DRIE
DIE NUWE WERK

57

HOOFSTUK 12

Later daardie selfde aand.

Cristina het by haar rekenaar gaan sit en maniere gesoek om nuwe kliënte te werf.

Hy het ten minste 'n dosyn e-posse aan verskillende maatskappye gestuur om sy spysenieringsonderneming te bevorder.

Ek het nie veel van 'n reaksie verwag nie, maar dit was die moeite werd om te probeer en ek het niks gehad om te verloor nie.

Die telefoon lui.

Dit was sy ma wat gebel het om weer te gaan kyk.

Hulle het hul gewone praatjies gemaak en daar was nie veel om te sê nie.

"Om my eie besigheid te bestuur is moeilik," het Cristina gekla.

"Het jy verwag dit gaan maklik wees?"

"Ek weet nie wat ek verwag het nie. Ek gee nie om om hard te werk nie. Ek is mal daaroor om vir ander mense te kook. Maar goh, ek het meer klante nodig."

"In my ervaring is besigheid wie jy ken," het sy ma geantwoord. "Baie besigheid kom van persoonlike verbindings. So kom uit en probeer om nuwe mense te ontmoet in plaas van om aanlyn te soek."

"Maak sin, dink ek."

"Ek dink? Wanneer is ek verkeerd?"

"Weet nie."

"Moenie so depressief klink nie, Cristina," het haar ma gesê. "Baie mense sukkel met 'n nuwe besigheid. Hou net aan om te probeer."

"Dankie Ma."

"Hoe gaan dit met Paul? Betaal hy jou nog mooi?"

"Dis ingewikkeld," sug Cristina. "Maar ja, hy betaal steeds goed."

"Hy lyk soos 'n ingewikkelde ou."

"Jy weet nie die helfte daarvan nie."

Daar was 'n pouse op die telefoon.

"Het hy iets met jou probeer?" vra haar ma versigtig.

Cristina was vinnig om te lieg.

"Geen manier nie. Natuurlik nie."

"Jy kan my die waarheid vertel. Ek is hier vir jou."

"Ma, hy is nie my tipe nie. As hy ooit 'n skuif gemaak het, het ek hom oor die kop geslaan met wat ek ook al daardie dag gekook het."

"Dit klink soos die gees van die Cristina wat ek ken," lag haar ma.

"Hipoteties gesproke, wat as ek dit gedoen het? Ek bedoel, hoe sou jy daaroor voel?"

"As Paul 'n skuif gemaak het?"

"Ja," antwoord Christina. "Hoe sou jy voel?"

Daar was nog 'n pouse op die lyn.

"Ek dink dit hang van jou af. As hy jou uitgevra het, is dit jou besluit."

"Regtig?"

"Dis jou besluit, Cristina. Maar as hy in die kombuis aan jou boude sou probeer raak, dan sal ek voorstel dat jy van jou bekende warm sous op sy kop gooi."

"Natuurlik doen ek," antwoord Cristina met 'n sarkastiese stem.

"Dit lyk of jy iets op die hart het."

"Nie meer nie. Dankie ma, jy is die beste. Ek moet jou los."

"Totsiens ek is lief vir jou."

"Ek is ook lief vir jou ma."

Die oproep is beëindig en Cristina leun terug in haar stoel.

Sy het gedink aan Paul en die orgasme wat sy daardie dag ontvang het.

Hy het die gevoelens nog helder onthou.

Elke aanraking, elke emosie.

Die gevoel van hardehout teen haar lyf.

Die gevoel van Paul se hand teen haar poes.

En bowenal die orgasme.

Oorheersing was nooit sy ding nie, maar dit het goed gevoel.

Hy het aanlyn gesoek en verskillende terme opgesoek.

Dit het haar weer soos 'n universiteitstudent laat voel toe sy haar navorsing gedoen het.

Hy het verskeie soektogte oor slawerny en die plesier daarvan gedoen.

Sy het na verskeie beelde gekyk.

Dit het haar weer opgewonde gemaak en sy het 'n hand by haar broekie afgegly.

HOOFSTUK 13

Maandag in die oggend.

Cristina het moeite gedoen om goed te lyk toe sy na Paul se huis gegaan het.

Sy het 'n blou rok aangehad en haar hare was netjies gekam.

Paul het hom nie veel aan haar voorkoms gesteur toe hy die deur oopgemaak het om haar in te laat nie.

"Ons kan praat?" vra Christina. "Oor besigheid bedoel ek."

"Natuurlik."

"Groot. Wag."

Cristina sit die kos in die kombuis en gaan na die ruim sitkamer waar Paul gesit het.

Sy het oorkant hom gesit.

"Ek het die naweek baie gedink," het hy gesê. "Oor ons verhouding."

"Ek ook," sê hy en laat haar nie haar gedagtes klaarmaak nie. "Ek dink ons moet hiermee klaarkom. Dit is vir my duidelik dat ons sakeverhouding in die gedrang gekom het. Ek het reeds begin soek na 'n plaasvervanger vir my huishoudelike benodigdhede."

Cristina verstar vir 'n oomblik toe die nuus stadig in haar insak.

"Wat? Nee. Dit is nie wat ek wou hê nie."

"Ek dink dit is vir die beste," het hy geantwoord. "Jy is 'n briljante jong vrou. Jy sal jou plek in hierdie wêreld vind."

Die verbysterde kyk bly op haar gesig. "

Dit is nie wat ek verwag het om te hoor nie. Ek het gedink ons gesprek gaan baie anders wees."

"Wat het jy verwag?"

"Ek het hierheen gekom om vir jou te sê ek stel belang om voort te gaan, weet jy, wat ons verlede Vrydag gedoen het."

Hy het 'n wenkbrou gebuig.

"Regtig? En hoekom wil jy dit hê?"

"Moet ek dit regtig sê?"

"Ja."

Sy haal diep asem.

"Natuurlik geniet ek dit om hier te werk. Ek geniet die voordele. Ek dink jy is 'n wonderlike baas, die beste wat ek kon hê. En wat ons verlede week gedoen het, in die kamer, het ek baie gehou. Ek dink ek was eers bang, maar ek het hard gedink, en ek sal nie omgee as ons voortgaan nie."

"Interessant."

"So jy dink?" sy het gevra.

"Jy is nie so skaam as wat ek gedink het nie. Ek sou nooit verwag het dat jy hierdie dinge direk vir my sou kom sê nie. Ek is beïndruk."

Sy het geglimlag, "dankie."

"Wat moet volgende gebeur?"

"Ek weet nie," trek hy ongemaklik sy skouers op. "Dit is aan jou. Maar ek wil graag hê ons sakeverhouding moet voortduur."

"Wees dapper, Cristina. Vertel my wat volgende gebeur. Op hierdie oomblik. Ek wil weet wat in jou gedagtes is. Verras my."

Sy het haar moed bymekaargeskraap en Paul 'n kyk van vasberadenheid gegee.

Haar lippe trek saam en haar neus ruk effens.

Haar oë was op Paul, wat stoïsyns was, wat vir haar gewag het om iets dapper te doen.

Cristina staan op en borsel haar rok met haar hande.

Sy vingers vou om die bande van haar rok.

Sy stoot die bande opsy en beweeg haar lyf, sodat die rok op die vloer kan val.

Sy staan voor Paul in haar wit bra en broekie, met haar pragtige rok om haar enkels.

"Wat maak jy?" vra hy sonder emosie.

"Ek wys my toewyding aan die werk."

"Miskien het jy my verkeerd verstaan. Ek dink nie dit is die regte pad vir jou nie."

"Jy sê nie vir my om op te hou nie," het sy geantwoord. "En ek hoor jou ook nie kla nie."

Paul se oë dwaal oor haar skraps geklede lyf.

Sy het 'n gemiddelde bouvorm gehad, 'n bietjie skraal.

Klein borste en smal heupe.

Dit was duidelik dat hy selde geoefen het aangesien sy spiertonus swak was.

"Jy is nogal aantreklik," het hy opgemerk.

Sy het haar rok uitgetrek en verskeie treë vorentoe gegee totdat sy reg voor Paul gestaan het.

"Hier is die ooreenkoms," sê hy vrymoedig. "Die nuwe ooreenkoms. Ek sal jou eksklusiewe verskaffer wees. Ek sal ook jou model wees wanneer jy dink dit is nodig. Jy kan my laat kom as jy wil. As ek regtig goed voel, sal ek die guns gratis teruggee. "

Hy lig 'n wenkbrou.

"Sal jy die guns teruggee?"

"Ek sal jou laat kom. Gratis. Ek is nie 'n prostituut nie. Dink daaraan as 'n gratifikasie van 'n dankbare ontvanger."

"Klink na 'n ongewone sakeverhouding."

"Ons het in elk geval reeds die lyn oorgesteek," het hy gesê.

"Ek sal dit moet oorweeg."

Cristina reik af en gryp Paul se pols en bring haar hand na haar broekie.

Hy het aan die buitekant van haar broekie geraak en tussen haar bene gevryf.

"Dink vinnig," het sy gesê. "Anders sal ek die aanbod terugtrek."

Hy het 'n halwe glimlag gegee.

"Die vet nuwe Cristina. Ek hou daarvan."

"Ek ook."

Paul druk sy vingers harder teen Cristina se broekie.

Sy kreun oor die warm aanraking.

Sy kreun nog meer toe Paul sy hand binne haar broekie gly en aan haar kaal poesie raak.

Sy was opgewonde, en daar was geen twyfel daaroor nie.

"Jy is nat," merk hy op en kyk na haar.

"Ek weet."

"Trek jou bra uit. Laat ek jou sien."

Cristina steek haar hand uit om haar bra los te haak en gooi dit op die bank.

Haar parmantige borste is vrygelaat.

Haar tepels was pienk en klein.

Hulle is vinnig verhard deur die koue lug en die ooglopende seksuele opwekking.

Sy het die drang weerstaan om haar borste met haar hande te bedek omdat sy nog altyd onseker op haar bors gevoel het.

Maar sy het probeer om dapper te wees en haar bors vorentoe gestoot.

"Hou jy van hulle?" sy het gevra.

"Ek is mal oor elke vrou se borste. Elkeen is uniek en spesiaal op sy eie manier. Joune is geen uitsondering nie. Hulle is pragtig."

"Dankie my Heer."

" Meneer?" vra hy retories. "Ek dink jy weet waarvan ek hou."

"En waarvan hou jy?" vra sy skaapagtig.

"Eiendom."

"O..."

Paul het albei hande gebruik om Cristina se broekie op die vloer te trek, wat die meisie heeltemal kaal gelaat het, van kop tot tone.

Hy staan op en vat Cristina aan die hand.

"Volg my," het hy gesê. "Daar is iets wat ek jou graag wil wys."

Hy het Cristina in die gang af gelei terwyl hy haar hand op 'n romantiese manier vasgehou het.

Cristina was senuweeagtig, maar het aangehou.

Sy het geweet hulle is op pad na die slawernykamer.

Die idee het haar opgewonde en senuweeagtig gemaak.

Die deur was oop en Paulus het dit oopgemaak.

Hy het die ligte aangeskakel en hulle het ingegaan.

Die lug was koud, wat Cristina se tepels nog harder gemaak het.

Haar blik flikker om haar en sy wonder wat Paul beplan het.

"Jy het 'n nuwe stel verantwoordelikhede," het Paul gesê. "Ek verwag volkome gehoorsaamheid. Ek verwag jou te alle tye naak. Verstaan?"

"Ja ek verstaan."

"Leun oor die tafel," het hy gesê. "Op jou maag. Ek gaan jou vasbind. Ek wil hê jy moet weer kom."

"Ja meneer."

Cristina kyk na die intimiderende tafel.

Dit was 'n ander tafel as voorheen.

Maar dit het net so ongemaklik en pynlik gelyk.

Die hout het oud gelyk, en die metaalraam ook.

Daar was geen sin om te kla nie.

Sy het gedoen wat vir haar gesê is en haar kaal borste en maag op die houttafel neergelê.

Dit was meer ongemaklik as wat ek verwag het.

Die hout was koel en het haar sensitiewe tepels gesteek.

Sy oë kyk grond toe.

Sy hoor hoe Paul deur die kamer stap voordat sy na haar toe gekom het.

"Ek gaan jou vasbind," het hy gesê. "Ontspan jou arms en bene. Dit is 'n eenvoudige proses as jy kalm is."

"Wel."

"Is jy seker jy wil dit hê?"

"Ja," het sy geantwoord.

"Omdat?"

"Omdat ek weer wil kom."

Christina het geen antwoord gekry nie.

Pleks daarvan voel sy hoe Paul elkeen van haar enkels aan die koue metaalraam van die tafel vasmaak.

Dit was ongemaklik en 'n bietjie skrikwekkend.

Elke knoop was baie styf.

Die tou was dik, wat sy vel seergemaak het.

Dieselfde proses is op sy polse uitgevoer.

Elke pop is op dieselfde manier aan die metaalraam vasgemaak.

Toe hy klaar was, was sy enkels en polse styf aan die tafel vasgemaak.

Sy was gesig na onder met haar kaal maag en haar borste het hard teen die houtoppervlak gedruk.

Dit was nogal 'n vreesaanjaende gevoel om te weet dat sy aan Paul absolute mag oor haar liggaam gegee het.

Sy was duidelik en heeltemal hulpeloos.

Iets het haar kaal bodem getref.

Dit het hard gevoel, maar terselfdertyd sag.

Ek was nie seker wat dit was nie.

Toe voel sy hoe Paul se vingers haar agterna borsel.

"Gee jy om as ek so aan jou raak?" vra hy, wetende wat die antwoord is.

"Geen."

"Goed. Ek hou van jou vel. Jy is baie sag..."

Paul se hand dwaal oor haar boude en voel elke ronding.

Hy masseer elkeen van haar boude met sy sterk hande.

Toe voel sy hoe iets hard weer aan haar boude raak.

Dit het 'n gladde geboë oppervlak gehad.

"Wat is dit?" sy het gevra.

"Dit is 'n vibrator. Het jy al ooit een gebruik?"

"Geen."

"Wil jy dit voel?"

"Ek is oop daarvoor."

"Goeie meisie."

'n Skielike gons klink in die kamer en laat 'n rilling langs Cristina se ruggraat af.

Sy oë bly gevestig op die grond terwyl hy na die gegons luister.

Haar lyf ruk hewig die oomblik toe die gegons die punt van haar klit raak.

Dit was pynlik, op 'n slegte manier en op 'n goeie manier.

Sy het probeer om dit te beveg, baklei teen die toue, wat nutteloos was.

Die gegons het opgehou.

"Sal ons dit klaarmaak?" gevra.

"Nee. Asseblief, nee. Ek sal ophou beweeg."

"Beheer jouself Cristina."

Die gons het teruggekeer toe die vibrator weer geaktiveer is.

Hy het aan haar klit geraak, en Cristina het haar bes gedoen om stil te bly.

Sy het die drang om te veg teengestaan terwyl sy die sensasie van vibrasie teen haar mees sensitiewe area aanvaar het.

Dit het haar vingers heftig laat krul.

Hy het sy tande geklem terwyl sy kakebeen toegemaak het.

Sy vuiste het styf gebal.

Om haar klit met 'n vibrator te laat martel was die laaste ding wat sy verwag het.

Dit het gegons en gegons.

Die punt van die vibrator is teen haar klit gehou totdat sy gedink het dit gaan ontplof.

Net voor sy van angs wou skree, het Paul die vibrator beweeg en dit in haar poes gedruk.

Dit was 'n surrealistiese gevoel.

Dit was lanklaas dat hulle haar ingegaan het met enigiets anders as hul vingers.

Die vibrasie in haar poesie was 'n mengsel van pyn en plesier.

Paul het die seksspeelding behendig gedruk en getrek.

Cristina het haar bes gedoen om nie te skree nie.

"Het jy pret hiermee?" vra hy grappenderwys.

Christina hyg.

"Ek...ek...uh..."

"Ja of nee?"

"Ja! God, ja."

Paul druk die toestel verder in Cristina se poes in, wat haar meer laat snak.

Sy was amper uitasem toe hy heeltemal in haar lyf inkom.

Sy arms en bene het aan die toue getrek, maar tevergeefs.

Sy was vasgevang met die kragtige vibrator in haar nat vagina.

"Is jy naby?" gevra.

Sy het gesukkel vir woorde.

"Ja amper..."

"Hardloop vir my, skat."

Die vibrator is sonder genade in Cristina se poes gedruk en ingetrek.

Sy het probeer om haar liggaam te ontspan, wat haar orgasme altyd makliker gemaak het.

Sy het haar bes gedoen om die vaginale spiere van die strek te ontspan, sodat Paul sy sin kon kry.

Haar orgasme was op hande as gevolg van die vibrator.

En dit was 'n orgasme anders as wat sy voorheen gevoel het.

Om vasgebind en geslaan te word terwyl 'n vibrerende voorwerp in haar poes gedruk word, was 'n kragtige kombinasie.

Cristina se tone krom meer en haar vuiste het harder gebal.

Elke spier in sy liggaam het saamgetrek.

Haar hyg en gekerm het harder geword.

"O my god... O my god... O my god..."

Skielik is die toestel na 'n hoër spoed oorgeskakel en die vibrasies het baie sterker geword.

Cristina het geskree vir die kragtige vibrasie toe sy in haar poes gedruk en ingetrek word.

Sy het gehuil.

Sy het toe onbedaarlik gesnik terwyl sy klimaks bereik het.

'n Opwelling van vloeistof het uit haar poes gestroom, 'n gemors op die tafel gemaak en 'n plas op die harde vloer gelaat.

Meer stoot het van die kragvibrator gekom totdat die vloeistowwe gestop het.

Paul trek die vibrator uit Cristina se poes, wat 'n harde gons gemaak het.

Toe skakel hy dit af.

Toe die vaginale aanranding uiteindelik verby was, was Cristina se poes 'n druppelende gemors.

Haar nattigheid was soos 'n klein orgastiese riviertjie.

Haar poesie blink uit haar vaginale vloeistowwe.

Die tafel was nat.

En die vloeistowwe het soos 'n drupkraan op die vloer geval.

Cristina was skaars by haar bewussyn toe sy stadig haar kalmte herwin het.

Dit was verreweg die beste orgasme wat sy nog in haar lewe ervaar het.

Hy hoor hoe Paul se voetstappe sy kop nader kom.

Paul leun af en soen haar hare.

Sy wonder hoekom Paul haar nog nie losgemaak het nie.

"Ons is ... ons is ... klaar ..." het hy daarin geslaag om te praat.

"Nog nie. Onthou jy jou belofte?"

"Watter een van hulle?" het sy gekreun.

"Jy het gesê as ek jou laat kom sal jy die guns teruggee. So hoe het jou orgasme gevoel?"

"'n ... fokken ... ongelooflik," het hy uitgespreek.

Paul glimlag vir haar.

"Goeie meisie. Nou, is jy lus om die guns terug te gee?"

"Ja meneer. Gaan jy my losmaak?"

"Ek hou van jou in hierdie posisie."

Cristina hoor die geluid van Paul se broek wat oopgaan.

Sy het presies geweet wat Paul wou hê.

Hy het steeds langs haar gesig gestaan, wat beteken het dat hy nie belangstel om haar te naai nie, ten minste nie op hierdie spesifieke dag nie.

Sy kyk op toe Paul naby haar gesig kom.

Sy sien hoe sy harde piel direk na haar lippe wys.

Dit was duidelik wat hy wou hê.

Met 'n wellustige hart hyg Cristina toe Paul nog 'n tree vorentoe gee en tussen haar lippe ingaan.

Daar was geen gevoelsproses nie en geen tyd om aan te pas nie.

Paul het eenvoudig sy heupe vorentoe gestoot sodat Cristina kon suig soos 'n goeie sub moet.

"My God. Jy het lippe soos 'n engel," het hy gesê, beïndruk deur wat hy op sy piel voel.

Orale seks was nooit Cristina se ding nie.

Sy was nooit baie goed daarmee nie, en dit was nooit haar voorkeur om dit te doen nie.

Maar met Paul was sy gretig om hom tevrede te stel.

Veral met die kragtige orgastiese sensasie wat steeds deur haar liggaam vloei.

Sy gebrek aan vaardighede was nie 'n probleem nie aangesien sy liggaam nog aan die tafel vasgemaak was.

Paul het al die werk gedoen en sy heupe saggies van kant tot kant gedruk.

Al wat hy nodig gehad het, was 'n warm mond om te naai.

Al wat Cristina moes doen, was om haar lippe styf om Paul se harde lid te hou en te suig.

"Fok, ek gaan cum," grom Paul. "En jy gaan dit sluk."

Sy sin vir bevel was vir Cristina opwindend, vir 'n rede wat sy nie kon verstaan nie.

Hy voel hoe Paul se hande deur sy hare vryf terwyl hy suig.

Hy voel hoe sy lid in sy mond nog stywer word.

Sy het haar bes gedoen om haar tong op sy lid te gebruik, wat vir haar altyd gesê is dat dit goed voel.

Die haan sak in haar mond in en laat haar gag.

Die gag-refleks was verskriklik.

Maar Paul het hom voorgestel hoeveel Cristina in staat was om te neem, so hy het nooit te hard gedruk nie.

Dit was die teken van 'n professionele persoon, dink sy by haarself.

Sy kyk hoe Paul homself tot orgasme streel, terwyl die punt van sy ereksie nog in haar mond was.

Sy hou haar lippe styf om hom.

Paul brom terwyl hy haar verwoed streel.

Sekondes later was haar tong bedek met Paul se kom.

Spuit na spuit.

Dit het 'n ander smaak gehad.

Sy sluk hard om te keer dat haar mond oorloop.

Sekondes later het die vloei van semen opgehou en Cristina het alles ingesluk.

"My God," sê Paul en trek sy haan uit sy mond. "Dit was wonderlik. Waar het jy geleer om so te suig?"

Hy buk vir 'n oomblik voor hy opstaan om sy broek toe te rits.

Toe buk hy om Cristina los te maak.

Toe sy vrygelaat is, het sy haar eie gewrigte en enkels, wat donkerrooi merke gehad het, gestreel.

Sy het vinnig besef dat sy nog heeltemal kaal is en sy gee nie meer om nie.

Sy het daarvan gehou om kaal voor Paul te wees.

"Ek het die hele ervaring baie geniet," het hy selfversekerd opgemerk.

Paul raak aan haar nek en soen haar voorkop, dan meer op haar wange.

Uiteindelik het hy verskeie soene op haar hare geplant.

"Ek ook. Ons vennootskap gaan uitstekend uitwerk. Dink aan al die moontlikhede wat ons saam kan deel."

"Ek weet."

"Jy is soos 'n skoenlapper wat voor my oë groei," het hy gesê.

"Dit is alles as gevolg van jou," het hy geglimlag. "Nou as jy my sal verskoon, ek het iets baie spesiaal vir middagete gemaak. Jy sal mal daaroor wees. Ek is seker jy het 'n eetlus opgewerk, so ek moet dit beter nou gaan maak."

Cristina staan op en loop kaal na die deur.

Daar was vertroue in sy stap.

Sy was mal daaroor om kaal te wees.

Dit was pret.

Vloeistowwe het oor haar bene gedrup.

Die smaak van saad was steeds in haar mond.

Toe stop sy toe sy by die deur kom, en draai om na Paul, trots op haar naakte lyf.

Sy het vir hom gesê om nie bekommerd te wees oor die gemors in die sitkamer nie, dat sy dit later sal skoonmaak.

Dit was deel van sy nuutgevonde pligte.

EINDE

ONDERDANIGE VROUE SJEF 2
DIE MEESTER CHEF

MICHAEL

79

HOOFSTUK I

Sy het van kleins af geweet sy wil 'n sjef word.

Ek het baie hard gewerk om daardie droom te verwesenlik en het uiteindelik alles gehad wat ek ooit wou gehad het toe terwyl ek etes vir Paul bedien het, het hy my aanbeveel en ek het die posisie van hoofsjef by een van die beste restaurante in New York gekry.

Maar om bo te kom, het sy newe-effekte op my persoonlike lewe gehad.

Op 28 het ek baie min vriende en hoewel ek 'n paar kêrels gehad het, het nie een van hulle ernstige liefdesbelangstellings gehad nie.

Ek het Michael en sy ouer broer Tony ontmoet by 'n plaaslike boeremark waarheen ek gereeld gaan.

Hulle het mede-eienaars van 'n voedselvragmotor en het elke week 'n winkel by die boeremark opgerig.

Ongeveer 'n jaar nadat hy hulle ontmoet het, is Tony 'n hoofsjef-pos by 'n plaaslike restaurant aangebied en Michael wou nie die koslorrie alleen bestuur nie.

'n Sjef van my restaurant is onlangs weg om nog 'n kans te kry.

So ek het Michael gehuur om hom te vervang.

Ons het van die begin af baie goed saamgewerk.

Ons het daarin geslaag om 'n werksverhouding te handhaaf al was ek baie aangetrokke tot hom.

Die meeste mense sou sê dat Michael normaal in voorkoms was.

Ek het egter gedink dit is pragtig.

Michael is ongeveer 1,80 lank en het miskien 85 kilogram geweeg.

Hy het kort, deurmekaar, swart hare.

heeltyd 'n halwe baard en het pragtige rooibruin oë.

HOOFSTUK II

Nadat hy die restaurant vir die nag gesluit het, het Michael, ek en 'n paar ander van die restaurant gereeld uitgegaan, aandete geëet en wyn gedrink om te ontspan na 'n lang dag by die werk.

Hy is regtig snaaks.

So ek hoop ek kan dit laat gaan wanneer die tyd aanbreek.

Ek en Michael het van tyd tot tyd weggesluip vir 'n draf, wanneer ons kon.

Ek is mal daaroor om saam met hom te hardloop.

Hy is dikwels hemploos en sy sweet skyn op sy lyf.

Ek dink daaraan hoe ek graag met my tong oor sy sweterige lyf wil hardloop.

Ek verbeel my ons albei is warm en sweterig terwyl ons fokken.

Maar ek moes daardie gedagtes afskud en fokus op hardloop, nie op hom nie.

Ek kon nie deurmekaar raak in 'n verhouding met iemand met wie ek werk wat ook my werknemer is nie.

In elk geval, ek weet nie of hy van my sal hou nie.

Ek is 5'6, weeg ongeveer 130 pond, het golwende skouerlengte hare, 'n paar moesies, en dra nou 'n swartraambril.

Ek is geensins te maer nie, ek is dalk oulik, maar ek is nie mooi nie.

Ek is nie wat jy elke man se droom sal noem nie, ten minste is dit hoe ek myself gesien het.

Eendag was ons besig om reg te maak vir aandete en Michael was te gaaf met my.

Ons het altyd geskerts en lekker gekuier in die restaurant, maar vanaand was anders.

Die hele nag het hy redes gevind om my oormatig aan te raak.

As hy iets nodig gehad het wat langs my was in plaas van om te loop om dit te kry, sou hy agter my aankom en my agter klop.

Een keer toe ek met 'n ander sjef praat wat by die stasie oorkant myne gewerk het, het hy agter my aangekom en was so naby ek kon sy liggaamshitte voel.

Ek kon hoor hoe hy diep asemhaal terwyl hy my hare ruik.

Ek kon sy asem op my nek voel, wat koue rillings deur my hele lyf gestuur het.

'n Ander keer het ek na iets op die hoë rakke gegryp, wat 'n algemene probleem vir kort meisies soos ek is, en hy het agter my aangekom om my te help en sy kruis teen my boude gevryf.

Sy was toe nie seker wat met haar gebeur het nie.

Maar ek het dit geniet.

Ek het my verbeel hy dwing homself op my af, daar in die kombuis, en naai my van agter.

Net om daaraan te dink het my nat gemaak.

Ek het probeer om hom nie te laat weet dat ek dit voel nie en ek het gebid dat niemand anders dit sou agterkom nie.

Ek moes beheer oor die kombuis behou en hoe meer ek moes doen, hoe moeiliker het dit geword om daarop te fokus om hierdie disse betyds tydens etenstyd uit te kry.

Ek het daarin geslaag om deur die diens te kom met alles goed en betyds bedien.

HOOFSTUK III

Ons was besig om toe te maak vir die nag en Martin, 'n skottelgoedwasser, het uitgekom en my en Michael gelos om skoon te maak.

My kop het gerol na so 'n besige diens en om dit te kroon, het Michael die hele nag sy hande en kruis op my gehad.

Ek het in elk geval gewonder waaroor dit gaan.

Hy was nog nooit so fisiek met my nie.

Ons spot en terg mekaar, maar nooit iets fisies nie.

Ons was klaar vir die nag en op pad om ander kollegas en sjefs by ons gunstelingplek te ontmoet om aandete te eet en na werk te kuier.

Ons het gewoonlik net soontoe gestap aangesien dit net 'n paar blokke verder was.

Ek het die deur toegemaak en ons het in die stegie begin stap en ek voel hoe Michael sy hand op my rug sit terwyl ons praat.

Dit is goed, het ek gedink, niks skadelik hier nie.

Hy kyk seker net vir my uit.

Ons het aanhou stap en sy hand het laer na my boude beweeg en gedruk.

Ek het omgedraai en op hom geskree.

"Michael, wat doen jy? Jy het my die hele nag in die hande gekry! Ek het dit probeer ignoreer en gedink jy sal ophou of dalk het jy nie besef wat jy doen nie. Maar dit... dit is reeds." voor die hand liggend".

Ek het gesê dit kyk na hom met my beste kyk nou moet jy my antwoord.

Michael kyk rond asof hy die woorde probeer vind om sy gedrag te verduidelik.

Toe het hy uiteindelik gepraat.

"Cristina ... ek hou van jou vandat ons by die boeremark ontmoet het. Maar ek kon myself nooit sover kry om dit vir jou te vertel nie. Ek het nie gedink jy sal 'n ou soos ek 'n kans gee nie." Michael verduidelik.

Ek onderbreek hom en vra hom:

"So jy het gedink jy kan vir my sê jy stel in my belang deur my gat te druk?"

"Ek weet, maar ek het gehoor jy het 'n onderdanige kant, Cristina, ek is jammer dis hoekom ek jou boude gestreel het." Hy het stilgebly, dan voortgegaan, "En vanoggend, by ons hardloop, het jy so geil gelyk dat dit alles gekos het wat ek nie kon nie om jou na 'n afgesonderde plek in die park te neem en jou net daar te naai. Ek dink heeltyd aan jou. " "

Ek was gevloerd.

Michael dink aan my en seks met my?

Het jy besef ek is onderdanig en hou van oorheersing?

Hoe kan dit wees?

Hy dink ek is sexy en wil my naai?

En na al die tyd vertel jy my dit?

Ek het dieselfde gevoelens vir hom weggesteek, want ek was bang vir verwerping en hy was ook bang vir verwerping.

Ek het verlore gevoel in haar stelling, maar ek het ook bevry gevoel.

Kan ons dit doen?

Michael trek my toe nader aan hom en kyk in my oë.

Dit was asof hy op soek was na aanvaarding en goedkeuring.

Haar mond het so lekker gelyk, haar oë brand diep in my siel.

So het dit gebeur.

HOOFSTUK IV

Michael het sy hand deur my hare geryg en my nader getrek en my gesoen.

Dit was 'n lang, harde, passievolle en baie warm.

Ek het weggetrek en gevoel van emosie.

Ek kon my hart voel klop.

"Michael, ek wou dit al so lank hê. Ek het ook van jou gehou van die oomblik wat ons ontmoet het en ek het nie gedink jy sal my 'n kans gee nie. Toe word ons sulke goeie vriende dat ek dit nie wou verwoes nie. ." Gesê.

"Cristina, gedurende hierdie tyd wat saamgewerk het, het ek gesien hoe jy beheer in die kombuis neem, respek eis en die personeel gee dit vir jou omdat jy dit verdien. Almal is lief vir jou. Jy is die koningin van die kombuis. Jy is 'n perfekte Domme . Jy is ! adorable! Ek is mal oor die manier waarop jy jou hare agter jou oulike ore insteek. Ek is mal oor die manier waarop jy vir jouself sing en dans wanneer jy nie dink iemand is naby of luister nie."

Michael het gepleit.

"Moet asseblief nie so min van jouself dink nie. Want ek dink nie so nie."

Toe, voor ek geweet het wat ek doen, trek ek hom na my toe en ons soen weer.

Ons hande was op mekaar.

Ek kon dit nie meer weerstaan nie.

Ek wou hom hê.

Ek het dit nodig gehad

NOU!!

Terwyl ons gesoen en aangeraak het, het Michael my teen die agterkant van die gebou gedruk.

Hy het my sjefjas uitgetrek terwyl hy my oor en toe my nek gesoen en gelek het.

Sy hande het na my broek gegaan en hy het dit oopgemaak en stadig losgemaak.

Ek sit my hande op sy skouers om myself te stabiliseer.

Hy het neergekniel en toe hy my broek verwyder het hy my maag gesoen, tot by my heupe, dan my binne-dye.

Uiteindelik het hy my broek uitgetrek en dit saam met my jas gegooi.

My gedagtes het 'n myl per uur gegaan, my hart het vinnig geklop.

Ek kon nie glo dit gaan uiteindelik gebeur nie.

En van al die plekke wat dit kon wees, was dit agter die restaurant en in 'n donker stegie.

Maar ek het nie meer omgegee nie.

Ek wou so graag vir Michael in my hê.

My poes het begin klop en nat word.

Michael kyk toe na my met wilde oë en sê:

"Is jy seker oor hierdie Cristina? Ons kan stop wanneer jy wil. Sê net vir my, oukei?"

Ek het probeer om asem te skep en het hom verseker:

"Ek was nog nooit in my lewe so seker van enigiets nie."

HOOFSTUK V

Hy het my binne-dye begin soen.

Laat 'n spoor van sagte en teer soene.

Toe hy by my nat poesie kom haal hy diep asem en ek kon hom sien glimlag.

Hy haak sy vingers onder my rooi broekie in en gly dit af om dit uit die pad te kry van wat onder op hom gewag het.

Toe begin hy oor my poesie soen, maar nog nie daaraan geraak nie.

Ek kon sien hy het pret gehad om met my te spot.

Uiteindelik, na 'n paar minute hiervan, het hy sy tong tussen die voue van my nat poesie ingedruk en die sappe wat vir hom gewag het opgelek.

Ek sit my hande in sy hare en hy lig my been oor een van sy skouers vir makliker toegang.

Dit het so goed gevoel.

Hy was besig om my poes te verslind.

Hy het 'n ritme begin om eers aan my klit te suig, dan tong my anale gaatjie te naai, dan van my nat gat na my klit te lek en weer te begin.

Hy het dit oor en oor gedoen.

Dit het so goed gevoel.

Ek wou my tong en vingers in die anus plaas.

Dat hy my teen die muur gesit en hard gedwing het en sy piel in my rug gesit het.

Maar ek is nog nooit voorheen so geëet nie.

Michael was baie goed en ek het elke minuut geniet.

Ek het nie geweet hoe lank ek kon neem voordat ek kom nie.

Toe steek hy 'n vinger in my, gly dit in en uit terwyl hy aan my klit suig.

Dit het nog 'n paar minute aangehou.

En ek kon dit nie meer uithou nie.

"Michael, ek gaan kom as jy nie ophou nie!"

Hy het nie opgehou nie, hy was meedoënloos.

Ek het besef hy wil hê ek moet kom.

So ek het uiteindelik laat gaan.

" Aaahhhh , fok Michael!" Ek het gekreun, terwyl ek oor haar gesig kom.

My liggaam kramp toe terwyl golwe van plesier oor my spoel.

Michael het nie 'n druppel van my sappe verloor toe hy aan my vasgeklou het nie.

Toe hy na my hoogte begin styg, het hy sy pad terug na my naeltjie begin soen, en dan stadig my swart camisole verwyder.

Ek het senuweeagtig begin raak dat iemand na ons sou luister.

Ek het albei kante gekyk, maar ek het niemand gesien nie.

Ek het reeds my rooi bra uitgetrek.

My C cup borste pas perfek in sy warm hande soos hy dit vasgedruk het.

Hy het aan my regop tepels begin suig.

Van tyd tot tyd het hy hulle liggies gebyt en 'n straal van plesier in my poes gestuur.

Hy het aan albei my borste gewerk terwyl ek sy rug en sy pragtige boude gekrap het.

Ek weet nie hoekom ons so lank gewag het om vir mekaar te vertel hoe ons gevoel het nie en nou is ons in 'n donker stegie besig om reg te maak om te naai!

Dit het vir my te veel geword, so ek het hom nader getrek en hom gesoen.

Hy kon my in sy mond proe.

Hy was soet en dit het baie vuil en opwindend gevoel om my sappe saam met hom te geniet.

Ek het myself begin verloor in die omhelsing.

Ek het gevoel dat ons siele verbind is op 'n manier wat ek nog nooit voorheen met iemand gevoel het nie.

Hy onderbreek my gedagtes, draai my skielik om en kyk na die baksteenmuur.

Ek sit my boude in, druk sy kruis en smeek hom om te doen wat hy die graagste wil hê.

Hy het my bene gesprei en sy broek oopgeknoop.

Ek kon voel hoe hy sy groot kloppende piel op en af my gat vryf en dan af na my poes.

Stop by die opening van my seks.

" Michael gryp my asseblief nou van agter af!" Ek het hom gesmeek.

"Is dit wat jy wil hê teef? Cristina, sê vir my, smeek ek moet jou in die gat naai"

Hy het begin om die punt van sy piel stadig in my stywe gaatjie te duik en sy vinger met my sappe nat te maak, dan terug uit.

Bespot my.

Sy disrespek het my aangeskakel soos nog nooit tevore nie.

"Ja asseblief, Here. Fok my. Fok my hard. Baie hard." sê ek terwyl ek bietjie omdraai en na hom kyk.

Sy oë was gevul met passie en lus, vir my.

Skielik het dit in een slag in my vasgery.

Gee my alles wat hy gehad het, die agt duim in my gat!

Dit het so goed gevoel.

Ek kon nie glo hoe groot en seer dit in my gevoel het nie.

Maak my heeltemal vol.

" Aaahhhh , fok! Ja ja ja! Gee dit vir my! Harder! Fok my harder! Slaan my!"

Hy het my op die boud begin klap terwyl hy my hard teen die muur stamp.

Sy piel het amper heeltemal in my anus ingegly van die sterk stoot wat hy my gegee het.

Toe begin hy dit uittrek en net sy kop binne laat, en hy het weer in my vasgery.

Hy het dit verskeie kere gedoen.

Dit het al hoe minder seergemaak en die plesier was al hoe meer ongelooflik.

Ek het my arms teen die muur geleun om aan te hou hou dat hy my met hierdie krag gevat het.

Terwyl hy my middel met een hand vashou en my skouer met die ander, het hy aangehou om my hard te naai.

Toe het hy stadiger gery en ons begin 'n ritme.

Ek het teruggedeins om elkeen van sy strekkings te ontmoet.

Dit was hipnoties en dit het so goed gevoel.

Hy haal toe sy hand van my skouer af, raak aan my klit en begin dit werk terwyl hy aanhou om my gat te naai.

Ek het gevoel ek gaan weer hardloop.

Maar hy moes voel hoe my spiere gespan en gestop het.

"Jy kan nog steeds nie kom nie, teef, ek wil hierdie keer saam met jou kom Cristina."

Michael fluister die onwelvoeglike woorde in my oor toe hy sy groot haan uit my verwyde anus trek.

Hy het toe op sy knieë geval en my gat begin soen, begin by die begin van my gat en eindig by my verwydde gat.

Dit het my verras.

Nie een van my vorige kêrels of maatskappye, so min soos hulle was, het my gat probeer soen nie.

Maar ek het nog altyd gewonder hoe dit sou voel.

Nou het ek my kans.

Hy het volkome beheer oor my poes en ook my boude geneem.

Werk die anus met sy tong, steek dan 'n vinger in, dan twee.

Neem haar stadig tyd om dit vir hom voor te berei.

Hy het opgesteek en met my klit begin speel.

My knieë het swak geword.

Al hierdie stimulasie het wonderlik gevoel, maar dit was ook oorweldigend.

"Michael, asseblief! Ek gaan nie veel meer hiervan kan vat nie. Gee my wat jy het en laat my kom!" Ek het gesmeek en hyg van wellus. "Maar maak dit moeilik, ek wil hê jy moet my oorheers. Doen wat jy wil met my."

Michael het verstom na my gekyk en vir my gegee wat ek wou hê, wat ons albei wou hê.

Eers het hy sy piel in my nat poes gesit om dit weer te smeer.

En toe kon ek dit weer in my gat voel. Hy het vinnig sy kop ingedruk en sonder om te wag dat dit gereed is, het hy sy hele lid in my ingedruk. Dit was al so seer, maar verdomp, dit het so goed gevoel.

Hy het gevoel hoe ek gespanne raak en hy het vinnig heen en weer begin wieg en my elke keer meer en meer diepte gegee.

Word sterker, wilder.

Dit was super warm.

Ek het weer gevoel hoe hy slaan, my klap elke keer as hy sy groot haan in my ingedruk het.

Dit het heerlik gevoel!

Hy het gevoel hoe ek meer gespanne raak en my nog harder begin naai.

Hy het my middel met albei hande vasgehou en dieper en dieper in my ingeskuif totdat ek kon voel hoe sy balle teen my nat poes klap.

Dit het so goed gevoel.

Ons het spoed opgetel en dit het alles gevat.

Ek het so vol gevoel.

Hy het oor en oor my gestrafte, rooierige gat geslaan.

" Ooooohhhh ... Aaahhhh ... Fok Michael ... wat 'n harde piel het jy. Dit voel so goed, moet asseblief nie ophou nie." Ek het hom gesmeek.

"Teef, ek het geen planne om binnekort op te hou nie. Jy voel te goed en ek het lank hiervoor gewag. Ek gaan jou naai totdat jy uitpass." Ne het Michael gefluister terwyl hy my nog een keer geslaan het.

Maar sy woorde was die sneller.

Hy het my nog harder begin naai en weer met my klit gespeel.

Ek kon net nie langer wag nie en het hard begin kom.

Woorde het by my mond uitgekom waarvan ek nie eers seker is dat dit samehangend was nie.

Ek kon voel hoe hy vinniger pomp en sy piel swel in my gat.

Hy het toe sy vrag in my gat losgelaat en dit volgemaak.

Sypel dan uit my boude, meng met my sappe wat by my dye afloop.

Hy het nog 'n paar keer gepomp en seker gemaak dat hy alles binne-in my laat.

My liggaam het geworrel van uitnemende plesier.

Toe ons albei klaar ons langverwagte orgasmes geniet het, het ons op die grond geval.

Ek het daar op sy skoot gesit en omgedraai en sy gesig probeer soen.

Hy het in my oë gekyk en ek in sy pragtige rooibruin oë.

Albei ongelowig oor wat ons sopas gedoen het.

Hy gly stadig van my boude af.

HOOFSTUK VI

Na 'n rukkie het Michael my hare agter my ore ingedruk en gesê:

"Cristina, ek is so jammer dit het my so lank geneem om vir jou te vertel hoe ek voel. Maar ek is bly jy voel dieselfde oor my. Ek het nog nooit so oor enigiemand so gevoel soos jy nie."

Toe die trane oor my gesig begin stroom het, aangesien ek nog nooit so gelukkig en verstaanbaar gevoel het nie, het ek die enigste ding gesê wat ek kon.

"Ek voel dieselfde!"

Ons het nog 'n paar minute daar gesit en mekaar vasgehou totdat ons iemand in die stegie hoor afkom het.

Ons het gehaas om aan te trek en anderpad gehardloop voor iemand ons kon sien, kraak op.

Toe ons by die restaurant kom om saam met ons vriende te kuier, was almal reeds baie opgewonde.

Hulle het gevra waar ons was en ons het een of ander verskoning uitgedink.

Ek dink nie hulle het die groot goofy grinnike op ons gesigte opgemerk of besef dat ons mekaar deeglik genaai het nie.

Ek kan nie wag om by die huis by Michael te kom om dit weer so moeilik te doen nie.

EINDE

97

ONDERDANIGE VROUE SJEF 3

LYDIA

HOOFSTUK I

Alles was 'n warrelwind die afgelope paar weke.

'n Paar weke gelede het ek net in my verbeelding met Michael fokken.

Maar sedert Michael se eerste seksuele ontmoeting met my in die stegie agter die restaurant, het alles verander.

Wat eens net in my drome gebeur het, het nou al baie keer in die regte lewe gebeur.

Benewens die wonderlike en dominante seks, laat Michael my spesiaal, mooi en begeer voel soos nog nooit tevore nie.

Ek kom uit 'n groot familie, wat baie lief is vir my.

Maar hulle moet my liefhê en vir my sê ek is pragtig.

Michael hoef dit nie te sê nie!

Hy maak seker dat hy weet dat ek vir hom 'n spesiale meisie is.

Ek en Michael spandeer soveel tyd as wat ons kan saam.

Ons slaap omtrent elke aand in mekaar se woonstel.

Eintlik is hy nou hier by my huis.

Hy slaap nog in my bed.

Ons het 'n lang en besige nag in die restaurant deurgebring.

Ons laat weg om agterna saam met ander uit te gaan soos gewoonlik.

Ons het dit ook reggekry om ons romanse by die werk en met ons vriende en familie onder die knie te hou.

Ek het nie beplan om 'n verhouding te hê met iemand met wie ek werk nie.

Ek wil seker maak dit gaan werk, maar ek is nie seker hoe dit my gesag as hoofsjef sal raak nie.

So ek wil net versigtig wees totdat ons gereed is om almal te laat weet.

HOOFSTUK II

Dit is agtuur in die oggend en ek maak van kleins af vir hom sy gunsteling ontbyt, net met 'n persoonlike aanraking.

Dit sluit pannekoeke in gekombineer met piesang, pynappel en okkerneute, bedek met geklopte room, en wors aan die kant.

En ek het koffie gemaak.

Al die reuke van ontbyt meng in die lug sodat dit so lekker ruik hier!

Ek het natuurlik niks anders as sy T-hemp en my bril aan nie.

My hare is 'n gemors van ons groot fokken gisteraand, maar ek probeer my vingers gebruik om dit bietjie te tem.

Ek het my gunstelinggroep wat op Spotify speel

Een van my gunsteling liedjies speel oral in die kombuis.

Ek swaai van kant tot kant, en verloor myself in die hartverskeurende lirieke van die liedjie.

"Jy weet net wat ek wil hê jy moet weet. Ek weet alles wat jy nie wil hê ek moet weet nie. Jou mond is gif, jou mond is soos wyn. Jy dink jou drome is dieselfde as myne... O, ek weet weet nie. Nee, ek is lief vir jou, maar môre sal ek. O, ek is nie lief vir jou nie, maar in die toekoms sal ek..."

"Wat meer kan 'n man eerste ding in die oggend vra?" sê Michael agter my en verras my. "Ontbyt, koffie, en 'n warm meisie in my T-hemp," fluit hy dan vir my.

Ek draai om en sien Michael in die kombuisdeur staan in sy swart en grys broek en 'n slinkse kyk op sy gesig.

Sy oë het geskyn soos vuur, gevul met wellus.

Haar sagte, heerlike lippe skei effens, gereed om verslind te word.

Ek kan sien hoe sy snaakse bult na 'n heerlike plek lei wat ek baie goed leer ken het.

My mond het droog geword en so goddelik na hom gekyk.

"Is dit gereed? My, ek is baie honger." Sê hy met 'n duiwelse glimlag op sy gesig.

Hy weet baie goed waarna ek nou honger is en dis nie kos nie.

En twee kan daardie speletjie speel.

"As jy van ontbyt praat, dan ja." Ek sê vir hom terwyl ek omdraai en ons borde en koffiekoppies begin opstel. "Het jy goed geslaap? Ek weet ek het. Ek slaap altyd beter as jy in my bed is. Veral na goeie seks!"

"Is dit hoe jy dit doen? Jy het dan seker baie goed geslaap gisteraand." Hy vertel my met 'n knipoog en 'n skewe glimlag.

Sjoe, ek is mal oor sy mond en die dinge wat hy daarmee doen.

Ek stap na die kombuiseilandjie waar Michael gesit het en sit by hom oor ons koffie, dan ons borde pannekoek en wors.

Toe ek gaan sit het ek gesorg dat ek liggies met my boude aan hom raak.

"Eintlik het ek gisteraand baie lekker geslaap, baie dankie. Eet nou, my honger man!"

Ons sit langs mekaar en raak van tyd tot tyd liggies aan.

Ek het 'n vinger geneem en dit oor die geklopte room wat my pannekoek bedek, gesleep en dit stadig afgelek terwyl ek dit die hele tyd dopgehou het.

Ek kon sien hoe hy vroetel en ek het geweet ek kom by hom uit.

Michael het dit egter probeer wegsteek.

Ek het een van my stukkies wors geneem en die sap daaruit begin suig.

Ek het elke aanloklike oomblik geniet om hom te terg.

Dit het nog 'n paar minute aangehou, totdat Michael dit nie meer kon uithou nie.

Michael staan op en draai my om op my stoel sodat hy tussen my bene kan staan en diep in my oë kan kyk.

Ek kon sien dat hy baie opgewonde was.

Sy ereksie bult uit sy pajamabroek uit en hy kom al hoe nader aan my nou nat poes.

Hy begin sy hand na my gesig beweeg.

Gedink hy gaan my hare agter my oor insteek soos hy gewoonlik doen voor hy my soen.

Ek was verbaas dat hy aanhou vorentoe beweeg het.

Sy leun oor, haal van die geklopte room uit my pannekoek en bring haar vingerpunte na my mond.

"Maak oop," vra Michael.

Hy is warm soos die hel as hy dominant is.

Ek maak my mond oop en hy gly sy vinger.

"Nou suig." Hy gaan voort met sy streng stem.

Ek maak soos hy vir my sê en begin sy vinger lek en suig.

Dit het soet gesmaak.

Michael het sy ander hand op en af oor my bobeen gehardloop.

Sy het al hoe nader aan my toenemend pynlike vroulikheid gekom.

Hy sit nog geklopte room op sy vinger.

Hierdie keer het hy dit onder my oor geplaas, toe lek hy dit met sy o-so-sagte tong.

"Lig jou arms op". Michael vertel my.

Weer doen ek wat hy vra.

Dan trek hy my hemp van my arms af en gooi dit iewers eenkant toe.

Laat my heeltemal ontbloot.

My C koppie borste is nou kaal en my tepels verhard soos die koel lug van die plafonwaaier hulle streel.

Hy gaan voort om geklopte room op my sleutelbeen te sit, waar ek 'n tatoeëermerk het van voëltjies wat vlieg.

Dan lek hy die geklopte room en soen dan elke voël.

Dit laat my glimlag.

Dan beweeg Michael af na my parmantige wit borste.

Hy neem sy tyd om elke tepel te terg, lek en suig aan die een na die ander.

Sy mond op my borste voel pragtig en ek begin kreun terwyl hy saggies op hulle vasbyt.

Hy gaan voort om saggies met sy hande oor my binne-dye te vryf, wat my hoendervleis oor my hele lyf gee.

Dan gryp hy my om die middel en lig my op na die toonbank.

Hy het seker een of ander tyd my bord geskuif, ek het dit nie eers agtergekom nie.

Dan sit hy slagroom terug op sy vinger.

Hy gee my 'n sagte, sagte soen.

Ek wankel by die gedagte waarheen hy hierdie keer met sy vinger gaan.

Dan skuif hy dit stadig in my stywe warm poesie.

Hy maak egter baie grappies met hierdie speletjie.

Dit verg al die krag in my om nie beheer te verloor nie.

Maar op die ou end het ek voor sy ritme geswig en hom sommer toegelaat om my poes te masturbeer.

Ek verstrengel my hande in sy hare terwyl Michael voortgaan om my mond met sy tong in te val.

Ek begin byt en trek aan sy onderlip.

Ek hoor hom kreun.

Michael gly 'n ander vinger in en begin hulle vinniger pomp en gebruik sy duim om aan my klit te werk.

Dit is ongelooflik!

"Michael! Dit voel so goed. Ja ... Hou so aan." Ek het hom gesmeek.

Ek neem een van my hande en spoor stadig haar nek, skouer, bors met my vingerpunte na.

Hou aan om my hand so na onder te volg.

Op daardie sexy pad wat my lei na daardie plek waarvoor ek lief is!

Ek maak die trekkoord van haar pajamabroek los en ruk saggies terwyl hulle op die vloer val.

Michael klim uit hulle en skop hulle.

Ek begin haar perfekte gat betas.

Ek trek my naels oor sy rug en gaan terug af om weer die gelukkige pad te vind.

Hierdie keer het ek hom al die pad gevolg en my handjies om sy groot harde piel gedraai en dit begin pomp.

Hoe vinniger ek sy vet lid pomp, hoe vinniger werk sy vingers op my poes.

" Cristina jy is so fokken sexy. Jy weet dit reg?" Hy het gesê terwyl ons aanhou soen het en terwyl hy aanhou om my te naai en met my klit te speel.

"Ja, ek begin dit glo. Maar jy laat my sexy voel." Ek het gebieg terwyl ek gesukkel het om 'n orgasme te vertraag wat ek gevoel het binne-in my groei.

Michael moes gevoel het asof ek op die punt was om te kom toe hy vinnig sy vingers teruggetrek en sy gesig in my poes begrawe het terwyl hy orgasme gekry het.

Hy het hard aan my klit gesuig en sy tong op my lippe gewerk.

Soos ek begin kom het, het hy aangehou om die sappe wat uit my gevloei het, op te lek.

Ek het aan sy kop geklou en hom in my poes vasgehou terwyl ek in ekstase uitgeroep het.

Hy het aanhou lek en suig terwyl my liggaam begin slinger soos golwe van plesier oor my lyf spoel.

HOOFSTUK III

Terwyl my liggaam begin kalmeer het, het Michael na my gekyk met 'n vonkel in sy oog en 'n groot glimlag op sy gesig en gesê:

"Dis my beurt!"

Michael gryp my om die middel en trek my van die toonbank af.

Maak seker dat ek bestendig op my voete is, voordat ek op die stoel gaan sit.

"Dit sal my plesier wees, meneer!" sê ek skaapagtig, toe ek op my knieë oor hom begin sak.

Ek het sy groot haan in my klein handjie vasgehou, en toe onthou ek van geklopte room.

Ek dink hy het wraak nodig vir die wedstryd van vroeër.

Ek staan op en hy gryp my.

"Waarheen dink jy gaan jy?" Hy vertel my.

"Ek het besluit ek is honger vir meer as net jou piel." Ek het met 'n glimlag geantwoord, terwyl sy na die geklopte room op haar bord soek.

" Ooooohhhh , dit gaan ondraaglik en wonderlik wees op dieselfde tyd. Jy is so stout." Michael antwoord en leun terug teen die toonbank.

Ek het toe bietjie geklopte room in haar mond gesit en haar saggies gesoen en die res van haar lippe gelek.

Toe het ek 'n bietjie op haar tepels gesit en daaraan gesuig.

Ek het op die vrolike manier beweeg, ek het 'n bietjie op haar naeltjie gesit en dit skoon gelek.

Ek het toe nog 'n bietjie geklopte room geneem en dit oor die hele lengte van die paadjie gesit, wat my by my gelukkige plek gebring het!

Ek het hom stadig begin lek, heen en weer, op en af, totdat ek myself op sy groot pragtige piel bevind het.

Teen hierdie tyd het Michael my al gekerm en geskop, maar ek is nog nie klaar met hom nie.

Ek neem 'n bietjie meer van die geklopte room en sit dit liggies op die punt, langs die skag en basis van sy piel.

Ek los hom daar terwyl ek sy balle vashou en dit begin aflek.

Ek suig aan elke bal, terwyl ek kyk hoe hy na my kyk.

Ek kan in sy oë sien hy is genoeg gemartel, so ek sal nie meer gemeen wees nie.

Ek gee uiteindelik aandag aan wat hy wou hê ek moet doen, wat hy my met sy oë smeek.

Begin by die basis, ek neem al die geklopte room na my mond met een groot lek.

Dan draai ek my mond stadig om hom en neem die meeste van die lid die eerste keer in my mond.

Dan begin ek alleen die kop suig, vir 'n rukkie.

"Fok babe! Jy is te goed vir my! Jou mond is amazing!"

Michael kan skaars praat voor ek hom weer na my mond neem, die hele lidmaat.

So ek begin 'n aanranding op sy groot haan.

Suig en lek sy groot haan oor en oor.

Ek is meedoënloos, ek bring hom tot op die rand van orgasme en dan stop ek.

"Wat doen jy? Ek was amper daar! Moenie ophou nie." Sê hy met brandende oë.

"Ek weet net nie meer of ek honger is nie. Jy sal my moet smeek as jy wil hê ek moet klaarmaak." Ek het verduidelik terwyl ek my tong liggies op die punt van sy piel beweeg. "Wil jy meer he?"

"Ja, ek wil hê jy moet my groot vet piel suig totdat jy my laat kom, dan wil ek hê jy moet my sperma drink en elke druppel sluk!" Hy het beveel.

Toe gaan hy sag voort:

"Asseblief en dankie!"

"Goed, aangesien jy so mooi gesê het, sal ek vir jou gee wat jy wil hê."

So ek het weer aan sy piel begin suig.

Ek was besig om af te kom na sy balle toe dit my laat gag het.

Ek was baie trots dat ek daarin geslaag het om die naarheid in bedwang te hou en het teruggestorm op sy groot haan.

Michael het opgestaan en my kop vasgehou en ek kon voel hoe hy agter in my keel klop terwyl hy my gesig naai.

Ek het sy boude gegryp en vasgehou terwyl hy vinniger en vinniger gegaan het.

Ek kon voel hoe dit in my mond begin swel.

Ek het geweet hy maak gereed om sy vrag op te blaas, so ek het styf vasgehou.

"Oohhh, ja, fok Cristina!" Hy het geskree terwyl hy sy vrag met groot krag in my mond ingevlieg het.

Terwyl ek al sy sperma geneem en dit ingesluk het, het Michael gegrom en beveel:

"Dis reg, wees 'n goeie meisie en sluk alles baba"

Hy het nog 'n paar keer gepomp terwyl die laaste van sy sperma in my wagtende mond gesypel het vir sy vrylatings.

Hy het my op my voete gelig.

Ek het by myself gedink, dit was 'n blowjob goed gedoen.

Ek is seker jy het dit baie geniet.

Michael het my kop opgetrek en my sag gesoen en liggies oor my rug en skouers gevryf.

Dan, terwyl hy my hard op die gat slaan, sê hy vir my:

"Jy is 'n baie slegte meisie wat my uittart soos jy gedoen het. Maar ek wil jou nie anders hê nie."

"Ek sê dieselfde vir jou, skat. Ek is lief vir jou." Ek het in sy ore gefluister, terwyl ek die jeuk op my boud vryf. "Ek gaan ontbyt klaarmaak."

Toe soen ek hom op die wang en ons het ontbyt klaargemaak.

HOOFSTUK IV

Dit is hoe dit die meeste dae was sedert ons saam was.

Ons was speels en was mal daaroor om met mekaar te grap.

Maar ons kan ook ernstig en teer wees.

Ek dink verskeidenheid en pret is wat 'n wonderlike paartjie maak.

Ten minste uit my beperkte ervaring, is dit wat blykbaar tussen ons werk.

Later die dag het ek en Michael na die restaurant gegaan om reg te maak vir die werksdag.

Ek was in die wolke.

Eers van die groot naai van die vorige aand en nou van die speelse oggend wat ons gehad het.

Ek kon nie anders as om te glimlag nie.

Ek was nog nooit in my lewe gelukkiger nie.

Nadat die geregte vir aandete voorberei is, was dit tyd om vanaand se spyskaart aan die kelners bekend te stel.

Toe ek uitgaan na die eetkamer het ek kort gestop.

Daar, by die tafel saam met die res van die personeel en die eienaar, het 'n nuwe kelnerin gesit.

Sy was lank, en aan haar atletiese bouvorm kon ek sien sy het baie goed na haarself gesorg.

Sy het donkerblou oë wat soos die see gelyk het, robynrooi lippe en lang krulblonde hare.

Ek het dadelik blos gevoel.

Ek moes myself saamstel sodat ek hulle van die aandetespyskaart kon vertel.

Terwyl sy die verskillende geregte aan die personeel verduidelik het en hulle alles ingeneem het, het sy probeer om nie na die nuwe kelnerin te kyk nie.

Maar om te kyk hoe sy my kosvurk in haar mond sit en kyk hoe sy dit geniet, was so warm.

Ek was aangetrek na sy mond en die manier waarop hy sy lippe afgelek het na 'n paar happe.

Die manier waarop sy haar oë toemaak, effens kreun en haar kop agteroor laat kantel, was baie warm.

Dit was amper asof sy doelbewus probeer sexy wees.

Uiteindelik het hulle alles probeer en kon met eerstehandse ondervinding met klante praat oor vanaand se spyskaart.

Hy kon nie vinnig genoeg by die plek uitkom nie.

So ek het by die agterdeur uitgegaan om 'n bietjie af te koel na ... na ... wel, wat dit ook al was.

Ek het besluit om dit net 'n bietjie af te borsel.

Miskien is dit net my hormone of iets.

Dit is nie 'n groot ding nie.

Ek is toe terug na binne om met ons besige diens te begin.

Ek kon nie wag om uit te klim en die gewone skare vriende en kollegas by die restaurant vir aandete te ontmoet nie.

Sy senuwees was op die oppervlak en hy moes rus.

HOOFSTUK V

Aan die einde van die aand het Michael my gesoen en vir my gesê hy gaan nie vanaand na die restaurant vir aandete nie.

Hy het 'n paar dinge om te doen in die oggend en hy moes vroeg gaan slaap.

So ek het alleen na die restaurant gegaan.

Dit is jou tipiese sestiger-styl restaurant.

Hulle het 'n vinielplaatmasjien wat lukrake musiek speel.

En hulle het die beste hamburgers en patat!

Dit tref regtig die kol na 'n lang besige nag.

Toe ek daar aankom was alles redelik dood.

Hier was 'n paar ou manne wat gereeld hier by die toonbank koffie drink en koek eet.

In die een hoek was 'n paar tieners wat ek nog nie gesien het nie.

Dan was daar ons mal groep.

"Hallo almal!" Ek skree met hulle van die deur af as ek hulle by ons gewone tafel sien.

Hulle was almal daar.

Michael se broer Tony, Frankie, 'n sjef van 'n ander restaurant, John, 'n kok, en Julia, 'n kelnerin, albei van die restaurant ... en ... OMG, dis sy!

Dis die nuwe kelnerin.

Hoe, hoekom, wat...

Ek kan nie eers my gedagtes voltooi as ek begin voel hoe my wange warm word en my poes begin tintel nie.

Ek dink Julia moes haar genooi het om te kom.

Dit gaan 'n interessante aand wees.

Kom ons kyk hoe dit gaan.

Ek hoop nie ek is belaglik nie.

Ek dink dit alles terwyl ek 'n plek soek om te sit.

Dan staan die nuwe meisie op.

"Hallo, my naam is Lydia, die nuwe meisie. Jy kan langs my sit as jy wil." Sy vertel my, met 'n suidelike aksent en 'n aangename glimlag.

Ek kyk na haar mond terwyl sy met my praat.

Dan gryp hy my hand en trek my saggies na die tafel toe.

"Natuurlik, dink ek. Dit is lekker om jou amptelik te ontmoet, Lydia. Ek is Cristina." Ek het haar gese.

So skuif ek in die groot hoekkas in waar Lydia gesit het en sy sit langs my.

Michael se broer Tony is aan my regterkant en Lydia is aan my linkerkant.

Frankie, John en Julia is voor my.

Ons het almal ons kos en drinkgoed bestel.

Lydia vertel ons van haar.

Sy is van iewers in die suide, wat duidelik blyk uit haar aksent.

Sy het hierheen verhuis om uit haar klein dorpie te kom, gevul met baie besige belangstellings in haar persoonlike lewe.

Hy hou nie daarvan dat mense al sy sake ken nie, het hy gesê.

Toe sit hy dadelik sy hand op my been en druk dit, wat my natuurlik die rillings gegee het.

Wat probeer hy sê?

Dit lyk vir my of hier iewers 'n versteekte boodskap is.

Ons praat oor werk en die lewe in die algemeen.

Dan begin Frankie vir ons 'n skreeusnaakse storie vertel oor 'n meisie met wie hy onlangs uitgegaan het, wat lelik skeefgeloop het.

Terwyl Frankie haar storie vertel, begin Lydia haar hand teen my been vryf.

Op en af kom stadig nader aan my binne-dye en dan nader aan my nou nat poes.

My God, sy aanraking voel so goed.

Ek kyk rond en kyk of iemand agterkom wat hulle doen, maar hulle doen nie.

Dank die Here.

Maar hoe kan ek so voel?

Ek is lief vir Michael en ek het gedink ek hou nie van vroue nie.

Maar sy het my nou so warm.

Ek hou haar in my bed voor, soen my... lek my...

"Sjoe! Dit lyk alles so goed ouens. Julle het almal 'n juweel van 'n plek gevind!" sê Lydia en onderbreek my gedagtes deur die aankoms van die kos.

Verlig dat kos hier is, begin ek my burger en patat eet.

Ek wens Lydia wil my nou alleen los.

Dit is egter nie die geval nie.

Alhoewel sy nie meer haar hand op my been het nie, lek sy die sap en sout van haar vingers, baie stadig.

Ek merk op dat Frankie en Tony na haar kyk.

Ek bedoel die meisie suig en maak 'n vingerete.

Hy wys ons dat hy 'n paar mal suigvaardighede het en nou is dit duidelik.

Sy het my so afgelei en opgewonde.

Ek kan skaars my kos eet.

Uiteindelik is almal klaar en Frankie probeer Lydia kry om saam met hom te vertrek.

Maar Lydia verwerp hom met haar suidelike sjarme.

So hy en Tony vertrek, met wat blykbaar 'n mate van irritasie te wees na daardie vertoning wat Lydia net opgesit het.

Julia kyk na John, hulle is al 'n paar maande saam, en sê:

"Is jy gereed om na my huis te gaan? Ek weet ek is!" Sê sy met duidelike belofte in haar oë.

Dan vertrek hulle saam.

"Wel, Lydia, ek gaan huis toe. Dit was lekker om saam met jou te kuier. Jy moet terugkom na ons toe . Ek dink jy was 'n sukses!" Ek het haar gese.

Ek glip uit die kas en mik na die deur.

"Ja, ek dink ek sal terugkom. Het jy hier gestap? Indien wel, kan ek saam met jou stap. Ek woon baie naby, baie naby aan die restaurant, maar ek hou regtig nie daarvan om alleen te wees hierdie tyd van die nag ." Lydia bieg vir my terwyl sy my uit die restaurant volg.

Sy lyk bang, maar daar is nog iets daar, maar ek is nie seker wat nie.

"Sekerlik, ek woon 'n blok van die restaurant af, so dit is perfek." Ek het haar gese.

Dan gryp hy my hand en sê dankie.

Terwyl ons stap, vertel sy my meer van haar gesin by die huis.

Ek vertel hom ook van myne.

Ons het redelik soortgelyke lewens gehad toe ons grootgeword het.

Dit is baie lekker om oor daardie dinge te praat met iemand wat die kleindorpse lewe verstaan.

Terwyl ons voor haar huis intrek, los sy my hand en draai na my, plaas haar hande om my middel en sê:

"Wel, Cristina, dankie dat jy my huis toe gestap het. Dit was lekker om met jou te praat en jou meer te leer ken. Ek wil jou egter nog beter leer ken."

Dan leun hy in en soen my.

Sy mond is so sag en sag soos ek my voorgestel het.

Haar tong het my mond binnegedring toe ek dit oopmaak om haar binne te nooi.

Dit smaak soos kersies.

Ek verloor myself in die soen.

Haar hande raak aan my gat en druk my na haar toe.

Maar ek kom vinnig terug na die werklikheid en besef wat ek doen.

Ek kan dit nie doen nie, nie aan Michael nie.

So ek stap weg en sê vir hom:

"Ek is jammer ek het vir jou 'n voet of iets gegee, maar ek het 'n kêrel vir wie ek so lief is en ek kan dit net nie aan hom doen nie. Ek dink jy is pragtig en baie gaaf. Maar ... ek kan net" t."

"Cristina, jy is 'n lieflike meisie en ek is nie verbaas dat jy iemand sien nie. Ek sal verbaas wees as jy dit nie regtig gedoen het nie." Lydia antwoord my.

Ek weet nie wat om te dink nie.

"As jy weet ek is saam met iemand, hoekom terg jy my?"

Ek vra jou om terug te trek.

"Cristina, ek het jou reaksie op my opgemerk tydens die proe van die spyskaart. Ek het gesien hoe jy na my kyk en hoe jy bloos. Toe laat jy my jou been vryf in die restaurant."

Sy begin haar vinger oor my lippe vryf.

Gaan dan voort:

"Ek weet jy het aan my gedink. Dink aan wat jy wil hê ek moet aan jou doen. Jy wou hê ek moet jou so soen."

Dan plant sy 'n soen op my nek.

"Wil jy hê ek moet aan jou raak".

Dan plaas hy een van sy hande op my boud amper in my poes.

"Wil jy hê ek moet jou lek, hier"

Hy plaas toe sy ander hand op my poes en begin dit streel.

Ek geniet wat sy aan my doen.

Soen my nek, speel met my gat en nou met my poes!

Dit voel so goed, maar terselfdertyd ondeund en dapper.

"Ek weet jy wil my hê Cristina, en dit is okay om dit te laat gaan en toe te laat dat dit gebeur. Kom asseblief saam met my. Ek sal jou nie dwing om iets te doen waarmee jy nie gemaklik is nie. Ek belowe."

Sy vat my hand en ek volg haar.

Dit is asof sy woorde my betower.

Sy het my nou so in hitte.

Ek is stopverf in sy hande.

HOOFSTUK VI

Ons gaan by haar woonstel in en sy sit musiek aan.

Dit was 30 sekondes ! na Mars, my gunsteling band!

Ek kon dit nie glo nie.

Die liedjie was " Die Doodmaak ".

Die klank vul die sitkamer.

Ek maak my oë toe en begin heen en weer wieg na die lirieke.

"Hou jy van hierdie liedjie Cristina?" vra Lydia terwyl sy vir my 'n glas witwyn gee.

"Ja, eintlik 30 sekondes ! to Mars is my gunsteling band!" sê ek vir hom terwyl hy langs my op die rusbank sit.

Ons sit en drink ons wyn en luister na die lied.

Lydia sit haar glas op die tafel neer en vat dan myne by my om dit ook op die tafel neer te sit.

Sy steek 'n paar kerse aan wat op die tafel is.

Dan vestig hy sy aandag op my.

Sy begin die rug van haar hande oor my skouers, op my arm en terug na my skouers hardloop.

Dan bring hy sy vingers na my bors en trek die neklyn van my pers hemp na en soen waar sy vingers was.

Ek het skielik geweet dat ek haar wil hê en niks anders op hierdie oomblik nie.

Ek gryp na haar ken en bring haar gesig nader aan myne.

Ek kyk vir 'n oomblik in haar diepblou oë en neem dan met myne besit van haar mond.

Passievol naai haar pragtige mond.

My hande is in sy hare verstrengel terwyl ek saggies ruk.

"Ahhhhh ..." Lydia kreun in my mond.

Lydia begin om my top te verwyder en dan my swart bra.

Sy stop om elke tepel op my te lek.

Dan trek ek haar pienk T-hemp en haar pienk kant bra uit.

God!

Sy het regtig 'n wonderlike lyf en vol weelderige borste.

Hulle moet ten minste 'n D koppie wees, miskien dubbel D.

Ek neem haar soepel borste in my mond en suig aan haar tepel.

Ek knyp die ander een sodat hy nie uitgelaat voel nie.

Terwyl ek aan haar borste werk, begin sy haar jeans oopknoop en dan knoop sy myne los.

Ek los haar borste en Lydia druk my op die rusbank.

Dit slaan my asem weg, sy lyk so sexy!

Ek kan nie glo dit gebeur nie.

Ek kan nie glo ek voel so sterk vir haar nie.

Lydia sit haar vingers op my middel en trek my broek af.

Ek probeer haar help, probeer om hulle te skop.

Uiteindelik trek sy aan hulle en hulle is vry van my voete.

Ek lê heeltemal kaal daar op sy rusbank behalwe vir my swart riempie.

Sy tel my voet op en begin aan die tone van my linkervoet suig.

Dan soen hy sy pad op my been, op my binnebobeen.

Dit begin dan terug by my tone op my regtervoet en werk sy pad op met my been tot by my binnebobeen.

Sagte en warm soene maak my vel warm.

Ek haal swaarder asem as voorheen.

Ek kan die klappergeurkerse ruik wat jy vroeër aangesteek het.

Ek is mal oor die reuk van die strand en nou laat dit my dink aan haar seeblou oë.

Ek kyk na haar en sy kyk stip na my en laat 'n spoor van soene op my bleek vel.

Toe hy by my poes kom, lek hy eers weerskante van my buitelippe.

Dan trek hy my riempie opsy en beweeg sy tong oor my geswelde klit.

Sy doen dit oor en oor.

Gaan vinniger en vinniger.

Dan steek hy sy tong in my binnelippe en begin lek.

Sy vat die sappe wat reeds in my nat poes is.

Dan begin hy weer aan my klit suig.

"Fok Lydia! Ag my gosh dit voel so fokken lekker skat" sê ek vir haar tussen asems.

Ek reik af en sit my hand in haar hare en speel met my tiete met my vrye hand.

Maar sy vat my hande en plaas dit weerskante van my en gaan voort om te suig sonder om 'n maat te mis.

Sy is dominant en meedoënloos en dit maak my nog meer opgewonde.

Hy hou aan om te suig en nou werk sy vingers aan my sopnat poes.

Ek weet nie hoeveel meer ek kan vat voordat ek orgasme kry nie.

" Ooooohhhh ! My God!" Ek skree terwyl my liggaam begin bewe.

Lydia probeer my hande vashou terwyl ek onder haar slim mond beweeg.

"Goed, laat dit gaan. Hou op om vas te hou en vind jou vrylating." Sy moedig my aan.

Sy woorde was wat ek moes hoor en ek het laat gaan.

Sy het my hande losgelaat en my gat vasgehou terwyl sy aanhou om my poes te eet.

Ek het baie sterk begin kom.

My liggaam het stuiptrekkings gehad.

Golwe van ekstase het oor my begin spoel.

Ek het al hoe verder van die werklikheid af gesweef.

Totdat ek klaar was met die mees ongelooflike orgasme wat ek nog ooit in my lewe gehad het.

HOOFSTUK VII

Sodra ek my asem opgehaal het, het Lydia my op my lyf gesoen en haar tyd op my tiete geneem.

Toe gaan hy op en gaan voort om my op die mond te soen.

Ek kon my sappe in haar proe.

Dit het so soet gesmaak gemeng met haar kersie lipglans dat ek gevoel het asof dit daar was, op haar. nou.

Die geur van die mengkerse het my weer opgewonde gemaak.

Ek het haar gegryp en omgedraai sodat sy onder my was.

Ek het haar hard gesoen, byt en trek aan haar onderlip.

Dit het haar laat kreun.

Hy sit sy hand teen my gesig en vryf met sy duim oor my wang.

Dit was so soet en dit het my laat glimlag.

Ons kyk vir 'n oomblik in mekaar se oë.

So ek het haar oor begin soen.

Peusel en suig liggies aan sy oorlel.

Sy begin neurie.

Ek was mal oor die klank wat hy gemaak het, want hy hou van wat ek doen.

Ek het begin beweeg en haar in haar nek, oor haar sleutelbeen en tot by haar bors gesoen.

Sy speel met my hare.

Ek lek tussen haar groot borste, en neem haar reuk in soos dit my gedoen het.

Dan gaan ek voort tot by haar naeltjie.

Sy het 'n stywe maag met ongelooflike abs.

Ek lek haar naeltjie en steek my tong in.

Dan begin ek verder suid beweeg.

Ek soen haar heupe en dan die landingstrook wat na haar nat poes lei.

Ek haal diep asem en sy ruik so lekker.

Haar neurie word harder soos ek my eerste lek van hierdie vrou se poes vat.

Sy het soet soos 'n perske gesmaak.

Ek het opgekyk om te sien of hy dit geniet, en sy oë was toe, sy mond was oop, en ek het besef hy hyg.

Dit blyk dat sy dit geniet.

Ek bly lek en verken haar poesie met my tong.

Ek kry haar klit en flikker my tong vinnig daaroor en begin dan daaraan suig.

Lydia se hande gaan dadelik na my kop toe sy vir my beduie om voort te gaan.

So ek hou aan om aan haar klit te suig.

Dan gly ek 'n vinger in haar poes.

Dit is baie styf.

Ek kan nie help om te wonder of sy al ooit saam met 'n man was nie.

Ek werk haar poes totdat ek dit bietjie losmaak, dan gly ek nog 'n vinger in.

Ek hou aan om haar klit te suig en lek terwyl ek haar met my vingers naai.

Ek sit toe my duim in haar stywe gat en begin dit vryf.

Dit gaan vir 'n rukkie aan en ek begin haar voel bewe.

Ek weet sy is naby so ek begin regtig vinniger my vingers in en uit haar stywe poes pomp.

Ek suig harder aan haar klit en vryf vinniger oor haar gat.

Sy vat my kop stywer vas en begin in haar bekken druk soos sy hard word.

Haar sappe begin uit haar spoel en ek neem soveel as wat ek in my mond kan vang.

Sy begin van haar orgasme afkom, so ek streel liggies oor haar lyf terwyl sy begin kriewel.

Ek stop.

Ek lig my hand op en soen dit.

"Dit was ongelooflik Lydia! Ek was mal daaroor om te sien hoe jy so kom!" Ek het gesê.

"Is jy seker jy stel nie belang in vroue nie? Wat seker is, is dat jy weet hoe om daardie mond van jou te gebruik!" Sy het my gevra.

"Nee, ek het nie belang gestel nie. Maar ek hoop dit sal ook nie die laaste keer wees wat ek dit doen nie!" Ek vertel hom met 'n lomp glimlag op my gesig saam met sy sappe.

"Ek hoop ook nie. Ek wil hê jy moet dit nog baie keer aan my doen!" sê Lydia met 'n tevrede glimlag.

EINDE

131

www.ingramcontent.com/pod-product-compliance
Lightning Source LLC
Chambersburg PA
CBHW022015150726
47990CB00002B/670